Los guardianes de Alejandría. Plenilunio

Los guardianes de Alejandría. Plenilunio

Emma Cadwell

Esencia/Planeta

Avda. Diagonal, 662-664, 08034 Barcelona (España)

Primera edición: octubre de 2010

ISBN: 978-84-08-09513-2

Fotocomposición: Tiffitext, S. L.
Depósito legal: NA. 2.522-2010
Impresión y encuadernación: RODESA (Rotativas de Estella, S. L.), Villatuerta, Navarra

Impreso en España – Printed in Spain

El papel utilizado para la impresión de este libro es cien por cien libre de cloro y está calificado como papel ecológico.

Para mi guardián, el único capaz de defender mi corazón

El principio

Tarek yacía en medio de un charco de sangre. Su sangre. La batalla había durado días, aún podía oír a su alrededor el entrechocar de las espadas, los gritos de dolor y de angustia que escapaban de las gargantas de sus compañeros, y de las de sus enemigos. ¿Cuál era el motivo de aquella guerra? Ya lo había olvidado, no tenía importancia. Lo único que importaba era que iba a morir.

Los dioses estaban observando cómo la vida se escapaba de las venas de aquel humano, el único que había conseguido llamar su atención y mantenerla el tiempo suficiente como para que averiguaran su nombre: Tarek. Un mero soldado, un humano, frágil y a la vez fuerte, capaz de cometer las mayores atrocidades, tal como atestiguaba aquella batalla, y también los actos más generosos. A diferencia del resto de los hombres que estaban al borde de la muerte, Tarek no suplicaba, ni sollozaba, sencillamente tenía los ojos cerrados, a la espera de su destino. Llevaban días observándolo, años quizá, el tiempo para ellos era de lo más relativo, y planteándose si podía ser la solución que estaban buscando.

—Los humanos no se merecen otra oportunidad —sentenció uno de los dioses.

—Aun así podríamos dársela —opinó otro.

Volvieron a quedarse en silencio y fijaron la vista en el soldado herido.

—Ése es noble —señaló uno—, si hubiera más como él, tal vez los humanos tendrían alguna esperanza.

Los dioses se miraron y, aunque llevaban una eternidad sin inmiscuirse, decidieron arriesgarse.

Tarek ya no notaba los brazos ni las piernas, y estaba empezando a perder el sentido cuando un hombre apareció de la nada y se le acercó. Nadie más parecía verlo, ningún soldado blandió una arma en su dirección, y el único que además de él detectó su presencia fue un caballo negro que se asustó al sentirlo a su lado. El hombre, que con cada paso que daba parecía menos humano, acarició el hocico del animal y éste se tranquilizó al instante.

—Tarek —lo llamó, agachándose a su lado—. Valiente Tarek, vas a morir.

De no ser por la sangre que se agolpaba en su garganta, habría soltado una carcajada.

—Lo sé —consiguió pronunciar.

—No tiene por qué ser así —prosiguió el hombre—. Podrías vivir para siempre si aceptas lo que vamos a proponerte.

Tarek se estaba muriendo, o quizá había muerto ya y las llamas del fuego eterno habían robado su mente. Movió la cabeza y notó la grava clavándose en su sien. No, no podía estar muerto.

—¿De qué se trata? —farfulló, y escupió algo de sangre. Ya no tenía nada que perder.

—Tu inmortalidad tendría un precio, y un límite. El precio sería convertirte en guardián de los humanos, velarías por ellos, por sus almas, por su futuro, y deberías guiarlos a lo largo del camino.

«Eso es lo que acabo de hacer y mira de qué me ha servido.»

—¿Y el límite? —no pudo evitar preguntar.

—Un día, mañana o dentro de cientos de años, encontrarás a una mujer. A la única. Tu compañera, tu alma gemela, y entonces recuperarás tu mortalidad. Con esa mujer tendrás hijos, varones y hembras, pero sólo los varones serán como tú. Ellos nacerán guardianes. Desde la cuna conocerán su destino, y tú y tus sucesores deberéis enseñarles.

—¿Y ellas?

El dios sonrió y no contestó.

—Un guardián. —Tarek acarició la palabra al pronunciarla.

—Todavía no he terminado, valiente soldado. Antes de aceptar, tienes que escuchar todo lo que entraña nuestra oferta. Tu cuerpo cambiará, los humanos sois sin duda una de las criaturas más débiles que se pasean por la faz de la Tierra, incluso un arácnido puede poner fin a vuestra existencia.

Tarek se esforzó por abrir los ojos y prestar atención.

—Tu aspecto será el mismo —prosiguió el otro—, pero el guardián dormirá dentro de ti y emergerá con cada luna llena para enseñarte a tomar las riendas. Estará formado por lo mejor y lo peor de ti, y por los rasgos más fuertes de la naturaleza. Lo irás descubriendo con el tiempo, y deberás aprender a dominarlo. Cuando lo consigas, él acudirá a ti siempre que lo necesites.

Tarek sintió una punzada en lo más profundo de su ser y

supo que se le estaba acabando el tiempo. Algo que a aquel ser que tenía de rodillas a su lado no parecía importarle.

—Habrá otros como tú, otros hombres elegidos directamente por dioses. —Era la primera vez que se refería a sí mismo como deidad—. Los demás serán vuestros sucesores, y juntos tendréis que luchar contra la oscuridad, pues me temo que el infierno siempre nos ha llevado ventaja —añadió apesadumbrado—. ¿Aceptas?

Tarek empezó a asentir, pero el dios volvió a detenerlo:

—Una última cosa, mi fiel soldado. Tú serás el primero, el único durante un tiempo, nosotros te otorgaremos un gran poder y una gran responsabilidad, de ti depende cómo pases a la historia.

Tarek cerró de nuevo los ojos. No quería morir. Nunca había querido morir. Él había participado en aquella cruda batalla sólo para ayudar a su pueblo, y allí, empapado de su propia sangre, tomó la decisión:

—Acepto.

El dios sonrió y lo ayudó a incorporarse.

—Entonces bebe, Tarek el Grande. —Le ofreció una copa que contenía un líquido espeso, del mismo color que la sangre que lo rodeaba, y que había aparecido de la nada.

Él vació su contenido y perdió el sentido. Se despertó horas más tarde y se quedó un momento quieto, inmóvil, para después palparse con la mano derecha todas y cada una de las cicatrices de su cuerpo. Habían sanado. Estaba vivo, aunque a su lado sólo había cadáveres. Había hecho un pacto con los dioses y Tarek siempre cumplía su palabra. De modo que se puso en pie y regresó andando hacia Alejandría.

Prólogo

Diario de los guardianes

*S*é que ahora le tocaría escribir a Robert pero no puedo quitarme de encima la sensación de que algo muy grave está a punto de suceder. Llevamos años cuidando de los humanos, y ellos no siempre nos lo han puesto fácil, pero últimamente las cosas han empeorado, y el guardián que habita en mi interior está intranquilo, a pesar de que a mi edad lo único que debería ansiar es el reposo.

Mi hijo es un buen líder, serio y capaz, pero no ha logrado superar el abandono de Alba, y ni él ni yo sabemos qué hacer con Ewan, ese muchacho no puede seguir negando su naturaleza. Si no aprende a convivir con el guardián, éste tomará el control y quizá entonces será ya demasiado tarde para todos... quizá ella, aquella a la que todavía no conoce pero que lo está esperando, consiga hacerle entrar en razón.

Los tiempos están cambiando, los Talbot están tramando algo, lo presiento, esas muertes no han sido casualidad. Ha llegado el momento de que reaccionemos de nuevo, y necesitamos a Ewan, sólo un guardián como él podrá defendernos a todos.

LIAM JURA
Abuelo de Ewan, padre de Robert
y gran guardián de Alejandría

1

Basílica de San Pedro,
Ciudad del Vaticano, 3 de enero de 2010

Ewan estaba de pie frente al altar de la confesión, rodeado de una multitud de turistas que habían decidido aprovechar lo que les quedaba de vacaciones para ir a la ciudad papal. Ewan odiaba viajar casi tanto como odiaba a los turistas y las catedrales, pero su padre y su abuelo le habían pedido, mejor dicho, ordenado, que fuera allí a reunirse con Simon Whelan. Alguien tenía que hacerlo, le habían recordado los dos, justo después de celebrar la entrada del año nuevo, y ahora le tocaba a él tomar el relevo y liderar el clan. Liderar el clan. Ewan sonrió para sí mismo, sólo su padre y su abuelo, Robert y Liam Jura, seguían creyendo en esas cosas. Era cierto que los Jura eran una familia respetada, y que Liam seguía siendo la persona a la que todos consultaban antes de tomar una decisión, pero de ahí a seguir creyendo todas aquellas historias del pasado había un mundo. Un mundo que Ewan había luchado por olvidar.

Se dirigió hacia una de las columnas laterales y, en aquel preciso instante, sintió un escalofrío en la espalda, y eso bastó para que recordara lo que era en realidad. Por mucho que se empeñara en negarlo, en ocultarlo, o incluso en tratar de controlarlo, la sangre que corría por las venas de los Jura no era exactamente igual a la del resto de las personas que estaban visitando aquella basílica… Y si el cretino de

Simon no aparecía en cuestión de segundos, iba a largarse de allí.

—Cada vez te pareces más a tu padre —dijo una voz a su espalda.

Ewan se volvió despacio y vio que Simon estaba frente a él, impecablemente vestido y sujetando un móvil de última generación en la mano.

—Eres igual de impaciente.

—¿Se puede saber por qué demonios elegiste este lugar para celebrar la reunión? —preguntó Ewan sin disimular lo enfadado que estaba.

—Porque sabía que te mandarían a ti, y no me apetecía ir a Londres. —Le señaló la tumba de san Pedro que había en el interior de la basílica y ambos se dirigieron hacia allí—. Además, ya deberías estar acostumbrado a las reliquias. ¿Sigues con tu estúpido trabajo de profesor en la universidad?

—Sí, y está claro que tú sigues siendo un imbécil. ¿Qué es eso tan importante que no podías decírselo a papá o al abuelo por teléfono, primo?

Simon y Ewan no eran primos en realidad, pero el padre de Simon había sido uno de los mejores amigos del abuelo de Ewan y éste siempre lo había considerado como a un hermano.

—Por lo que veo sigues negando tus instintos, y eso no puede ser bueno, Ewan. —Chasqueó la lengua—. Espero no estar a tu lado cuando te des cuenta, primito —añadió sarcástico.

Siguieron caminando hasta la tumba del apóstol, pero sin palabras convinieron no entrar en ella y salieron de la basílica. A pesar de que brillaba el sol, la mañana era de lo más fría, aunque eso no parecía importarles.

Tanto Ewan como Simon rondaban el metro noventa, y si bien el primero no era de espaldas tan anchas como el segundo, ambos tenían unos torsos dignos de las esculturas que albergaba la ciudad italiana en la que estaban hospedados. Ewan llevaba un abrigo de lana negra y una bufanda gris para cubrirse el cuello, y Simon había optado por una prenda de piel más fiel a su estilo, si es que podía llamarse así a lo que llevaba.

—Hace poco estuve en Praga —dijo por fin Simon.

—Me alegro por ti —replicó Ewan, que cada vez le veía menos sentido a aquel encuentro.

—Y antes fui a Berlín —añadió el otro levantando una ceja.

—Genial.

—¿Has oído hablar del LOS? —le preguntó de repente Simon, evitando así que su primo hiciera otro comentario sarcástico.

—Sí. —Ewan lo sujetó por el antebrazo—. Pero creemos que todavía no ha llegado a las calles de Inglaterra.

—Vaya, me alegra ver que nuestra causa no te es tan indiferente como aparentas.

—¿Qué sabes tú del LOS? —Ewan ignoró la provocación y se centró en lo que de verdad era importante.

—Sé que es el nuevo proyecto de Rufus Talbot. En Praga me topé con un par de sus hombres en un local. Estaban tan colocados que no se dieron cuenta de que yo estaba allí. Lo único que les importaba era impresionar a dos prostitutas. Los muy idiotas. Les oí decir que su jefe había lanzado un nuevo producto en Berlín y que, tras unos retoques, se convertiría en la droga más potente que hubieran probado jamás. Las chicas les rieron la gracia y se quedaron con sus carteras, y yo seguí con lo mío. —Ewan se abstuvo de preguntar qué era lo suyo—. Pero a la mañana siguiente me acordé de que mientras estaba en Alemania leí algo sobre unas sobredosis, así que regresé allí a investigar.

—¿Y? —preguntó Ewan al ver que Simon hacía una pausa para ganar dramatismo.

—Y nada. Si no fuera porque yo mismo vi la noticia, creería que me lo había imaginado. En ningún hospital había ni rastro de los cadáveres, como si no hubieran existido nunca.

—Talbot —sentenció Ewan.

—Eso pensé yo. Y vosotros, ¿sabéis algo más?

—Nada. Hace unos meses, el abuelo empezó a detectar que Talbot y algunos de sus socios realizaban movimientos extraños. Más de lo habitual —aclaró al ver la expresión de su primo—. Me pidió que investigara un poco, y lo único que encontré fue que una de sus empresas farmacéuticas, Vivicum Lab, estaba trabajando en un proyecto llamado LOS, que requería de muchos fondos.

—¿Y qué tiene eso de sospechoso? —preguntó Simon, rebuscando en sus bolsillos.

—En principio nada, de no ser por algo que sucedió hace unos días quizá nos habríamos olvidado del tema.

—¿Qué sucedió? —Simon encendió un pitillo.

—Deberías dejar de fumar.

—Y tú deberías probarlo. Vamos, ¿qué sucedió para que incluso tú te involucraras?

—Una semana antes de Navidad apareció una chica muerta en una calle de Londres. En principio, todo apuntaba también a una sobredosis, pero al día siguiente todos los periódicos dijeron que, por desgracia, la joven había sufrido un infarto. La chica pertenecía a una familia muy adinerada de la ciudad, así que primero pensé que, sencillamente, sus padres querían evitar el escándalo; pero había algo en la foto de los periódicos que me llamó la atención y le pedí a un policía amigo mío que me hiciera un favor. Y mi amigo me mandó esto. —Sacó el móvil del bolsillo interior de su abrigo y le mostró a Simon una fotografía; en la imagen se veía una pequeña bolsa de pastillas junto al cadáver, bolsa que nunca llegó a la comisaría—. Conseguimos ampliar la foto y grabadas en las pastillas pudimos ver las letras LOS. ¿Y sabes dónde trabajaba la señorita Materson antes de morir?

—En Vivicum.

—Exacto.

—Mierda. ¿Qué dice Liam de todo esto?

—El abuelo cree que Rufus Talbot y sus socios se han olvidado del pacto y que están tramando algo.

—¿Y Robert? ¿Qué opina tu padre?

—Mi padre está convencido de que Rufus está dispuesto a convertirse en el mayor traficante de toda Europa.

—¿Y qué vamos a hacer? ¿Qué ha dicho el consejo?

—Por el momento nada. Antes de tomar una decisión necesitan más pruebas; eso o que Talbot se presente ante ellos y les cuente sus planes en persona. Y ambos sabemos que esta segunda alternativa nunca va a suceder.

—No, por supuesto que no. Creía que, a pesar de nuestras diferencias, los clanes seguían fieles al pacto. Todo esto me da muy mala espina, Ewan.

—Y a mí. Cuando regrese a Londres, trataré de organizarme con la universidad y a ver si consigo encontrar algo de tiempo para hablar con la familia de la señorita Materson.

—Deberías dejar ese trabajo —le aconsejó Simon—. Tu padre y tu abuelo te necesitan.

—No digas tonterías, sabes de sobra que los dos están muy bien.

Su primo lo miró a los ojos y, tras un suspiro, dejó el tema por imposible.

—¿Regresas esta noche? —optó por preguntarle.

—No, mi vuelo no sale hasta mañana. No estaba seguro de a qué hora ibas a presentarte. ¿Y tú, cuándo vuelves a Nueva York?

—¡Todavía vas en avión! Joder, Ewan, estás peor de lo que creía. Tienes treinta y cinco años, maldita sea, ya va siendo hora de que asumas lo que eres. No puedes negarlo durante toda la vida…

—No lo niego, sencillamente he decidido ignorarlo. Y tampoco me va tan mal.

—Ja, mírame a la cara y atrévete a decirme que no te mareas ni sientes náuseas cuando subes a un avión, o que no sientes escalofríos cada vez que uno de nosotros se acerca a ti… ¡Y el sexo! Dios, dime que no…

—Déjalo, Simon. No es asunto tuyo —sentenció Ewan, harto de escuchar todas esas cosas. Su padre y su abuelo ya se encargaban de recordarle a diario lo que opinaban de él.

—¿Que no es asunto mío? ¿Que el futuro líder del clan más importante de nuestra raza corra el riesgo de volverse loco no es asunto mío? Porque eso es lo que pasará, Ewan, y lo sabes perfectamente.

—Todo eso son sólo leyendas, conjeturas, y ahora lo único que debería importarnos es averiguar qué es el LOS y cómo pretende usarlo Talbot.

Simon se paseó por delante de un portal y abrió y cerró los puños varias veces. Era evidente que se estaba planteando seriamente sacudir a su primo para ver si así entraba en razón.

—Está bien. —Respiró hondo—. Yo me iré a Nueva York esta misma noche, por el método tradicional —añadió sarcástico—. Tengo algunos asuntos pendientes que resolver y quiero dar instrucciones a mis hombres. Les diré que estén alerta ante cualquier posible indicio de Talbot. Tanto él como sus socios tienen amigos en Estados Unidos, y no me gustaría que nos cogieran desprevenidos.

—De acuerdo. Te mantendré informado de lo que averigüemos —dijo Ewan, agradecido de que su primo diera el otro asunto por zanjado—. Y tú deberías hacer lo mismo. —Le dio una tarjeta—. Aquí tienes todos mis datos: teléfono, dirección de correo electrónico, etcétera. Supongo que habrás perdido la última que te di.

—Supones mal. La tengo, aunque prefiero quedar en persona. —Pero a pesar de todo aceptó la tarjeta y se la guardó en el bolsillo—. Que disfrutes de tu noche en Roma, tengo entendido que es una ciudad muy romántica.

Ewan estaba a punto de mandar al impertinente de Simon a la mierda cuando éste se dio media vuelta y sencillamente se esfumó. Quizá el método tradicional tuviera sus ventajas, pensó, mientras regresaba caminando hacia el hotel de Roma en el que se hospedaba.

2

Julia Templeton nunca hacía nada irresponsable, nunca cometía una locura y, por supuesto, nunca dejaba plantada a su familia por Navidad. Pero si todo eso era cierto, ¿qué diablos estaba haciendo sola en Roma un 3 de enero?, se preguntó por enésima vez mientras paseaba por las calles de la ciudad italiana. Y por enésima vez se dijo que, después de la repentina y absurda muerte de Stephanie, su mejor amiga, algo le había dicho que tenía que ir allí.

—Y por eso estás aquí sola y con ganas de llorar cada dos minutos —dijo en voz alta, sin importarle que una mujer que pasaba por su lado la mirara como si se hubiera vuelto loca.

Ella y Stephanie se habían conocido seis años atrás, cuando ambas entraron a trabajar en Vivicum Lab. Julia era bioquímica y la habían contratado para liderar un nuevo proyecto, y a Stephanie, que era farmacéutica, para que formara parte de su equipo. A Julia nunca se le había dado bien lo de hacer amigos, muestra de ello era que cuando se despidió de su antiguo trabajo nadie fue a desearle suerte ni a decirle adiós, pero su aparente antipatía, que en realidad era timidez, no pareció importarle a Stephanie, que en seguida la incluyó en sus conversaciones. Pasadas unas semanas ya almorzaban juntas y, gracias a Stephanie, Julia había conseguido hacer otros amigos, tanto dentro como fuera del trabajo.

Un guapísimo italiano salió del café en el que ella iba a entrar y Julia sonrió al pensar en lo que habría dicho Steph si lo hubiera visto; seguro que a esas alturas ya estaría quedando con él para ir a tomar algo. Ella, en cambio, se limitó a sonrojarse y a sentarse sola.

Todavía no se hacía a la idea de que Stephanie hubiera muerto; las primeras conjeturas acerca de la sobredosis eran absurdas. Su amiga podía estar como una cabra y ser algo ligera de cascos en relación con los hombres, pero nunca se había drogado. Y lo del infarto era igual de absurdo. Dios, si Stephanie iba cada día a la piscina, no tenía ni un gramo de grasa y desconocía totalmente el significado de la palabra «estrés», por no mencionar que tan sólo tenía treinta años.

Y luego estaba lo del cuaderno. Julia abrió el bolso y sacó la libreta de piel verde que había recibido días atrás por el correo. ¿Por qué se la había mandado Stephanie? ¿Qué se suponía que tenía que hacer con ella? Todos aquellos números no tenían sentido, y lo poco que había logrado descifrar correspondía a unos análisis de sangre imposibles. No había criatura en el mundo que pudiera tener aquellos valores y seguir viva. Volvió a guardar el cuaderno y se frotó las sienes.

¿Por qué diablos había ido a Roma durante esos días? Sus padres tardarían meses en perdonarla, aunque, bueno, tampoco podría decirse que fueran a echarla de menos. Y ella ya había visitado Italia unos años atrás. Pagó el café y se levantó. Lo de ir allí había sido una estupidez, pero seguía sin poder sacarse de encima la sensación de que tenía que hacerlo, y los sueños no habían hecho más que intensificarse.

—Demasiadas noches sin dormir —dijo otra vez en voz alta.

Lo mejor sería que regresara al hotel e hiciera el equipaje. Su vuelo salía al día siguiente a primera hora, y tampoco tenía nada que hacer sola en aquella cafetería.

Ewan no podía dejar de pensar en lo que le había dicho Simon. Era verdad que estaba harto de escuchar el mismo discurso de labios de su padre y de su abuelo, pero el modo en que lo había mirado su primo lo había inquietado. Lo había hecho como si le diera lástima, y eso no le había gustado lo más mínimo. Ewan no era tan estúpido como todos creían, o al menos eso era lo que se decía a sí mismo, y sabía que no podía negar totalmente a la bestia. Sí, la bestia. Él casi nunca la mencionaba, pero ahora que estaba solo podía hacerlo. Había una bestia en su interior, y sabía que tenía que hacerle alguna concesión.

Ni a su padre ni a su abuelo les gustaba que utilizara ese término, ellos la llamaban el espíritu, la fuerza, el guardián. Pero para Ewan lo que habitaba dentro de él no era algo tan noble. ¿Qué tenían de noble unos instintos que lo obligaban a comportarse como un animal? «No, no eres un animal —le susurró una voz en su cabeza—, eres un guerrero, formas parte de un clan legendario y deberías sentirte orgulloso de ello.» Ewan apresuró el paso, como si así pudiera huir de esos comentarios.

Él siempre había estado al lado de su familia, siempre se había tomado relativamente en serio su papel dentro del clan, y jamás les negaría su ayuda. Maldición, si incluso había viajado a Roma en plenas vacaciones. Pero no sucumbiría a sus instintos, su padre lo había hecho y había terminado solo, solo y desgraciado. Y nunca, nunca, tendría un hijo que tuviera que pasar por lo que había pasado él. Por suerte, estaba Daniel, y tenía primos de sobra, y seguro que más de uno estaría encantado de tomar el relevo frente al clan Jura. Sí, regresaría a Londres y haría lo imposible para averiguar qué era el LOS, y qué pretendía Rufus Talbot, pero ahí terminaría su implicación. Había soportado demasiadas cosas como para ahora echarlo todo por la borda.

Y, con ese pensamiento, se levantó el cuello del abrigo y siguió caminando, pero apenas diez metros más allá, el mundo se desmoronó bajo sus pies.

«No, no puede ser —se repitió—, es imposible», pero el escozor que sentía en la encía superior se encargó de demostrarle lo contrario. Todas aquellas chorradas que su abuelo y su padre le habían contado sobre el alma gemela de la bestia eran sólo eso, chorradas. Mierda, si incluso había varios miembros del consejo que negaban vehementemente su existencia. «Eso es porque no la han encontrado», le susurró aquella dichosa voz.

Ewan miró a ambos lados de la calle y, para su horror, se dio cuenta de que estaba olfateando. «No digas tonterías, sólo estás respirando hondo», se engañó a sí mismo... pero giró en medio de la acera, dándose de bruces con el hombre que tenía detrás, y cambió abruptamente de dirección. Una parte de su mente quería dar las órdenes pertinentes a sus pies para que se detuvieran, pero otra parte, la que había escapado a su control, había tomado el mando de su cuerpo y lo impulsaba sin remedio hacia su destino.

Tenía la respiración acelerada, no podía parar de pasarse la lengua por las encías para así evitar que aparecieran aquellos horribles caninos, y aquel olor estaba a punto de volverlo loco. Nunca había olido nada igual, era una mezcla de hierba recién regada, un whisky de cincuenta años, y el mejor helado de vainilla que hubiera probado jamás. «Adictivo», ésa era la única palabra para describir el olor que ahora ya lo impregnaba hasta los huesos. Siguió andando, tratando de dominar los músculos de las piernas, que parecían más que dispuestos a utilizar toda su potencia. Sí, sólo le faltaría eso, echar a correr como un animal en medio de Roma. Tenía que parar, tenía que serenarse… y de verdad que lo intentó, pero su cuerpo se negó a detenerse y siguió andando. Notaba la nuca empapada de sudor y podía sentir cada una de las vértebras apretándose contra su piel. Y entonces la vio.

Era menuda, demasiado, fue lo primero que pensó, y tenía el pelo negro, muy negro, casi azulado. Estaba de espaldas, y Ewan dio gracias de no poder verle la cara. Una parte de él, esa parte que se empeñaba en ignorar, sabía que si la veía jamás lograría olvidarla. Y tenía que olvidarla.

Ella se detuvo frente al escaparate de una pastelería, y entonces Ewan vio su rostro reflejado. No podía distinguirla bien, pero sí lo suficiente como para detectar que estaba llorando. El estómago le dio un vuelco y sintió la imperiosa necesidad de ir a abrazarla, pero se obligó a aferrarse a la farola que tenía al lado. Se le pusieron los nudillos blancos del esfuerzo que estaba haciendo, y sintió que la bestia se revolvía y retorcía dentro de él, igual que un animal herido. Estaba a punto de perder la batalla y de arrancarse el brazo con tal de poder acercarse a la chica, cuando ésta se secó las lágrimas y Ewan volvió a respirar.

Vio que erguía la espalda y no pudo evitar sentirse orgulloso. Había dejado de llorar y, tras respirar hondo, reinició la marcha y él se quedó mirándola hasta que entró en un pequeño hotel. Se quedó allí como un imbécil durante una hora, o quizá dos, y cuando sintió que de nuevo había dominado sus instintos, se dio media vuelta y regresó corriendo a su propio hotel. Al llegar, le pagó la cuenta a un atónito recepcionista, y, en cuestión de segundos, cerró la maleta y partió en dirección al aeropuerto.

En Fiumicino se dirigió al primer mostrador y sacó la Centurion de la familia. Ewan no solía utilizarla, pero maldita fuera si esa ocasión no se merecía hacer una excepción. El patrimonio de los Jura era casi incalculable, y ellos habían sabido ocultarlo y gestionarlo con acierto; podía permitirse la extravagancia de comprar una plaza en primera clase en el primer vuelo que partiera hacia Inglaterra. No podía quedarse allí. Si se quedaba en Roma un segundo más del necesario, sucumbiría por primera vez a sus instintos y le permitiría a la bestia hacer lo que quisiera. Y lo que quería era ir detrás de aquella morena cuyas lágrimas lo habían desgarrado por dentro. Sí, tenía que irse de Italia cuanto antes, y le daba igual quedar como un millonario excéntrico delante del encargado del mostrador de tierra.

Un par de horas más tarde, billete en mano, Ewan estaba sentado en primera clase de un vuelo de British Airways con destino a Londres. Se abrochó el cinturón y rezó para que aquello bastara para detenerlo, aunque sabía de sobra que ni el acero podría conseguir tal cosa si perdía el control. Le pidió a la azafata un gin-tonic y confió en que los habituales mareos lograran aturdirlo lo suficiente como para no salir de allí corriendo e ir a por aquella chica.

Por suerte, el piloto no tardó en cerrar las puertas del avión y anunciar su despegue. Aunque Ewan lo pasó muy mal durante todo el vuelo, y estuvo tentado de arrancarle la cabeza a la mujer que tenía sentada al lado, por llevar un perfume que se le metía en las fosas nasales y machacaba el de *ella*, consiguió llegar a Londres sin cometer tal atrocidad. Apenas recordaba el trayecto en el taxi de regreso a su apartamento, pero jamás olvidaría el aullido que escapó de su garganta tan pronto como supo que estaba a salvo.

Julia se había echado a llorar delante de una pastelería. A Stephanie le gustaba muchísimo el chocolate, y a ella le bastó con ver aquella bandeja llena de bombones para no poder seguir conteniendo las lágrimas. Incluso había estado a punto de caerse de rodillas y ponerse a sollozar en plena calle. Pero entonces tuvo la sensación de que alguien la observaba. Y no sólo eso, aquella misteriosa presencia la estaba consolando. No sabría explicarlo y en esos momentos, después de tanto llorar, estaba demasiado cansada para intentarlo, pero había sentido como si alguien la abrazara. En medio de tanta pena, había sido una sensación maravillosa, como si entre aquellos invisibles brazos no pudiera sucederle nada malo.

Cerró los ojos y se fue a la cama. Al día siguiente regresaría a Londres, y al otro a su trabajo. Tal vez eso de ir a Roma hubiese sido una locura, pero había valido la pena. Aunque sólo fuese por aquellos segundos en los que se había sentido como si hubiera alguien en el mundo nacido para abrazarla. Alguien más aparte del hombre que aparecía en sus sueños y que le había susurrado que necesitaba verla en la ciudad italiana.

3

Rufus Talbot se secó la sangre que le resbalaba por la barbilla y entró en la enorme ducha que se había hecho construir anexa al gimnasio de su casa. Hacía ya un par de años que había decidido vivir solo en una mansión en las afueras de Praga; lejos de su padre, pero tampoco demasiado.

A sus setenta años, Magnus Talbot seguía siendo un espécimen formidable, como atestiguaba el labio ensangrentado de su hijo en aquel preciso instante. Magnus y Rufus habían vuelto a discutir sobre lo mismo y, como de costumbre, no se habían puesto de acuerdo. Magnus seguía opinando que debían respetar el pacto, y Rufus creía que el pacto era, sencillamente, una estupidez. ¿A santo de qué debían acatar unas normas establecidas miles de años atrás? Ellos eran unos guerreros, una de las familias con más poder y riqueza desde el principio de los tiempos. Pertenecían a una raza superior y seguir negándolo no era sólo una estupidez, sino también poco rentable.

Por desgracia, Magnus seguía presa de sentimientos tan anacrónicos como el honor y el respeto, pero por suerte, el resto de familias pertenecientes a su clan lo habían relevado al frente del mismo hacía ya algún tiempo. Rufus era quien estaba ahora al mando, y su incipiente relación con el ejército de las sombras estaba resultando ser de lo más lucrativa para todos, aunque eso no impedía que su padre lo visitara a menudo para recordarle lo que pensaba de él y de sus métodos.

Rufus escupió la sangre y metió la cabeza bajo el chorro de agua caliente. Su padre no pensaría lo mismo cuando su nuevo descubrimiento tomara las calles de Europa y de Estados Unidos. Los hombres llevaban siglos matándose unos a otros sin motivo, malgastando todas las oportunidades que les habían dado; había llegado el momento de entrar en acción, o, dicho de otro modo, de sacar provecho. Echó el cuello hacia atrás y permitió que el agua le resbalara por el torso. Sintió cómo sus vértebras y sus costillas iban recobrando su posición inicial, más humanoide. Apoyó las manos en las baldosas y vio que sus garras casi habían desaparecido. No debería reaccionar así ante un mero puñetazo, pero su padre siempre conseguía sacarlo de sus casillas.

Se pasó la lengua por las encías y notó que los colmillos seguían allí. Iba a respirar hondo para ver si así los hacía retroceder cuando lo pensó mejor y terminó de ducharse con movimientos bruscos y eficaces. Eran las dos de la madrugada, seguro que podía salir a dar una vuelta y encontrar algo, o a alguien, con lo que desahogarse. Violar otra norma más del pacto no le causaba ninguna preocupación, y nada era más relajante que dar rienda suelta a su verdadero ser durante un par de horas.

Cuando Ewan se despertó, vio que había destrozado casi la totalidad de los muebles del apartamento y que no se acordaba de haberlo hecho. Resignado, fue al cuarto de baño y se limpió los rasguños que tenía en los nudillos.

Se desnudó y lanzó al suelo el pantalón negro y el jersey de cachemir que llevaba; al día siguiente se desharía de ellos. No confiaba en sí mismo si volvía a oler el perfume de la chica de las lágrimas. La ropa interior siguió el mismo camino, por si acaso. Desnudo, se encaminó hacia el dormitorio y se puso un pantalón que solía llevar para boxear, y una de aquellas insufribles camisetas que su hermano le regalaba siempre que iba de viaje. La de ese día decía: «No tengo resaca, si tomo otra copa se me pasará». Ewan tenía la teoría de que Daniel trataba de decirle algo, aunque todavía no sabía qué.

Volvió al salón y echó un vistazo. Por suerte había tenido el acierto de no romper ni el televisor ni el ordenador, pero tanto el sofá como la mesa y las sillas eran insalvables. Caminó por entre los restos y entró en la cocina; lo mismo, los electrodomésticos habían sobrevivido, pero la vajilla y las copas se habían convertido en diminutos pedazos de cerámica y de cristal.

Más le valdría recogerlo todo y deshacerse de las pruebas antes de que alguien se enterase. Si sus padres o su hermano llegaban a saberlo, no podría soportar las bromas o los sermones que le echarían acerca del error que estaba cometiendo. Por no hablar del abuelo, o de Simon. Sí, seguro que su querido primo se lo pasaría en grande burlándose de él. Y, con ese pensamiento, Ewan, a pesar de estar agotado por el viaje, y por todo lo demás, cogió un par de bolsas de basura y empezó a recoger aquel estropicio.

Pero lo peor de todo sería que al día siguiente tendría que ir de compras. Odiaba ir de compras. «Quizá —le dijo la vocecita de su cabeza—, odias demasiadas cosas, Ewan. Ya va siendo hora de que te plantees si vale la pena vivir así», insistió la voz, pero incapaz y sin ganas de enfrentarse a cuestiones tan importantes cuando estaba tan dolorido y resacoso, Ewan se hizo el sordo.

Tres horas más tarde, y sin nada que comer ni silla en la que sentarse, optó por irse a la cama, pero no llevaba ni dos minutos con los ojos cerrados cuando sonó su móvil. Debería haber sabido que no iba a poder escapar.

—¿Diga? —dijo al descolgar, sin molestarse en mirar quién lo llamaba; las posibilidades eran muy limitadas.

—¿Ya has vuelto, Ewan? —preguntó su madre, y él se alegró de oírla.

De todas las posibilidades, su madre era sin duda la mejor.

—Hace un rato, mamá. Te habría llamado mañana —añadió, consciente de que a ella le gustaba que la llamase cuando volvía de un viaje—. Estaba muy cansado.

—¿Estás bien? Te noto la voz rara.

«Tranquilo, Ewan, es imposible que lo sepa. No puede darse cuenta. Nadie puede darse cuenta porque en realidad no ha pasado nada.»

—Sí, claro que estoy bien. Sólo estoy cansado.

—De acuerdo —dijo su madre sin terminar de creerle—. ¿Viste a Simon?

—Sí, al final apareció —respondió aliviado por el cambio de tema—. ¿Te importa que hablemos mañana, mamá? De verdad que estoy muy cansado.

—Claro. Descansa, Ewan. Que duermas bien.

Ewan ni siquiera se despidió, sino que se abrazó al jersey que había ido a recoger del suelo del cuarto de baño y cerró los ojos. Al día siguiente se desharía de él, se prometió a sí mismo, pero esa noche necesitaba dormir.

Horas más tarde, volvió a abrir los ojos y se felicitó por haber pedido un par de días de vacaciones. Esa mañana le habría resultado imposible dar clases de nada a nadie, y, además, si quería que su apartamento recuperara cierta normalidad, tenía que ir a comprar unos cuantos muebles.

Salió de la cama y se dirigió hacia la ducha, pero por el camino se detuvo frente a la cómoda y guardó el jersey que tenía enredado entre los dedos en el primer cajón. Fingiendo no ser consciente de lo que acababa de hacer, corrió la mampara de cristal y abrió el grifo del agua fría. Tal vez así recuperaría algo de cordura. Diez minutos después, y con la piel completamente helada, Ewan salió de la ducha y se vistió. Dado que no tenía que ir a trabajar, y que iba a autoinfligirse el castigo de ir de compras, optó por unos vaqueros y un jersey de cuello alto color gris. Tomó un café largo y amargo, como a él le gustaba, cogió el móvil y el abrigo y se fue.

Estaba pagando una cantidad obscena de dinero para que aquella misma tarde le llevaran la mesa, las sillas y el sofá, junto con una vajilla de seis piezas, cuando le sonó el móvil y vio que era su padre. Se planteó no cogerlo, pero descartó la idea, consciente de que su familia tenía otros métodos para ponerse en contacto con él que no le gustarían tanto.

—¿Se puede saber dónde estás?

—Hola, papá, yo también me alegro mucho de hablar contigo.

—No seas sarcástico, Ewan —lo riñó—. Tu madre ya me dijo que habló contigo anoche —explicó.

A pesar de que Robert y Alba estaban separados desde hacía muchos años, seguían hablando de vez en cuando. Sus dos hijos, Ewan y Daniel, sabían que su padre nunca lo había superado, pero después de múltiples intentos fallidos habían abandonado la idea de volver a juntarlos.

—¿Estás en el trabajo? —preguntó Robert—. Creía que te habías pedido unos días de vacaciones.

—Así es. Estoy haciendo unos recados —respondió, aunque omitió los detalles. Recogió la tarjeta que le devolvía el chico de la caja—. Iba a llamarte más tarde. ¿Está el abuelo contigo?

—Sí, los dos estamos en mi despacho, repasando varios asuntos. —Suspiró—. Si vivieras aquí, en Edimburgo, sabrías que tú también tienes aquí una mesa.

—Lo sé, papá, pero ahora no es el momento de hablar de eso. Te llamo cuando llegue a casa y os pongo al día.

—Date prisa. Mientras estabas en Roma han sucedido un par de cosas interesantes —le dijo enigmático antes de colgar.

—Genial. —Ewan colgó, enfadado—. Ni siquiera se ha despedido.

Julia regresó al trabajo al día siguiente de llegar de Italia. Habría podido quedarse en casa un par de días más, pero la verdad era que no quería estar sola y que necesitaba volver a la normalidad. Todavía no había conseguido quitarse de encima aquella sensación que había tenido el último día en

Roma, pero había decidido achacarla al cansancio y a la emotividad que la embargaba en aquellas fechas.

Decidida a superar la desgraciada muerte de su amiga, y a abrirse un poco más a los demás y a la vida en general, Julia llegó a los laboratorios con una sonrisa en los labios. Uno de sus propósitos de Año Nuevo era tratar de ser más simpática con la gente que la rodeaba; Stephanie siempre le decía que una cosa era ser tímida y otra muy distinta ser maleducada. Haciendo un esfuerzo por no sonrojarse demasiado, Julia saludó al vigilante de seguridad y a todos los empleados que iban cruzándose en su camino. Y si alguno se sorprendió consiguió disimularlo muy bien.

Al llegar a la sección donde estaba su mesa de trabajo suspiró aliviada, y aprovechó que estaba sola para relajarse un poco. Colgó el abrigo y el bolso en el perchero, y sacó el móvil, por si recibía alguna llamada. Se puso la bata blanca y buscó las gafas en el bolsillo derecho. En el trabajo siempre llevaba el pelo recogido, así no tenía que preocuparse por si le tapaba los ojos o por si se le metía delante del microscopio. Puso en marcha el ordenador y repasó las últimas anotaciones que había hecho acerca de los nuevos productos en los que estaba trabajando.

Vivicum Lab quería lanzar al mercado dos nuevos medicamentos: uno para combatir el insomnio y otro para intentar paliar los efectos del cáncer. Julia trabajaba en ambos, pero después de lo que había pasado su padre, el segundo le interesaba muchísimo más. Julia sabía que aquellas pastillas no iban a curar la enfermedad, pero quizá podrían aminorar la velocidad a la que se producía la metástasis, y eso sin duda sería ya un gran avance. El objetivo era reducir la mutación hasta que ésta fuera tan lenta que llegara a ser insignificante. El tema del insomnio no era tan interesante, pero como proyecto no estaba nada mal, y ella conocía lo suficiente el mundo de los negocios como para saber que si tenían éxito y conseguían dar con una fórmula eficaz e innovadora, el laboratorio ganaría mucho dinero con su comercialización.

Estaba leyendo un e-mail cuando una voz la interrumpió:

—Veo que ya has vuelto —dijo Peter, el jefe de Producción, cuyo despacho estaba pegado al de Julia—. ¿Qué tal por Italia?

—Bien —se limitó a contestar ella.

No podía decir nada malo de Peter Larsson, pero aquel hombre siempre le había puesto los pelos de punta.

—Fuiste sola, ¿no?

Quizá uno de los motivos por los que su compañero de trabajo la incomodaba tanto era porque siempre estaba flirteando con ella, pensó Julia.

—Sí, fui sola.

Él chasqueó la lengua y dijo:

—Vaya, eso sí que es una lástima. Yo podría haberte acompañado, me conozco Italia como la palma de mi mano.

Sí, decididamente aquel tipo le producía escalofríos, aunque tenía que reconocer que a cualquiera le parecería atractivo. Peter medía metro ochenta y cinco o más, tenía la espalda ancha, era rubio y con ojos azules, e iba siempre bien vestido. Conducía un Audi y tenía un apartamento espectacular, según le había dicho Annie, de Contabilidad. Era un seductor, y a Julia le parecía tan interesante como diseccionar una rana. Pero al parecer él no se daba cuenta, eso o había decidido tomarse su falta de interés como buena señal.

—Lo cierto es que conocí a alguien —mintió, pero su mente viajó a aquel instante frente a la pastelería y decidió que tal vez en lo que estaba diciendo había algo de verdad.

—¿Ah, sí? —Peter se echó un poquito hacia atrás—. ¿Y volverás a verlo? Tengo experiencia en esto de los ligues de viaje, y uno no siempre vuelve a coincidir.

—Sí, volveremos a vernos —afirmó convencida—. Y no fue ningún ligue. —En realidad no había sido nada, pero se negaba a que aquel energúmeno se burlara de unos momentos que habían significado tanto para ella—. Y ahora, si me disculpas, tengo que revisar esta documentación. —Cogió un montón de papeles sin mirar y decidió que aquella mañana ya había gastado su cuota de simpatía.

—Por supuesto. —Peter entendió la nada discreta despedida—. Yo también tengo mucho trabajo. Nos vemos más tarde.

Julia se limitó a agachar la cabeza y se puso a leer. No sabía por qué había dicho que había conocido a alguien en Roma, pero cuantas más vueltas le daba al tema, más convencida estaba de no haber mentido.

4

Ewan se sentó en suelo del comedor, y con la espalda apoyada contra la pared sacó el móvil del bolsillo y llamó a su padre. Había decidido ponerse cómodo, pues sabía que la conversación iría para largo, y tampoco descartaba tener que hacer de nuevo las maletas para ir a Edimburgo.

Casi todos los Jura vivían en Escocia, mientras que él, después de recibir el título de bioquímico, decidió quedarse en Londres y aceptar el trabajo que le ofreció la universidad; así podía seguir investigando, y, si el precio que tenía que pagar era dar clases, estaba dispuesto a aceptarlo. El sueldo tampoco estaba nada mal. Ewan, al igual que todos los miembros de su clan, tenía una especie de don innato para los negocios, por no mencionar la parte del patrimonio familiar que le correspondía por derecho.

A pesar de la manifiesta oposición de su padre y de su abuelo, y de las críticas de su hermano Daniel, terminó por alquilar un piso en Londres. Así tenía la sensación de llevar una vida normal, o eso era lo que se repetía cada vez que le sucedía algo similar a la catástrofe de los muebles.

Estaba allí, sentado en el suelo, esperando a que su padre respondiera, y le escocían las puntas de los dedos de tantas ganas como tenía de ir a por el jersey que seguía impregnado del olor de la chica de las lágrimas. Era una suerte que no supiera su nombre, le bastaría con eso para encontrarla. Decidido a resistir la tentación, se quedó inmóvil y rezó para que su padre se dignara coger el teléfono de una vez.

—Ewan —lo saludó su abuelo—, tu padre está hablando por la otra línea. ¿Cómo estás?

—Bien, abuelo, gracias por preguntar —respondió él—. ¿Y tú?

—Muy bien, pero ya sabes que me gustaría que estuvieras aquí. Te noto la voz rara —dijo de repente.

—Será por el cansancio —se apresuró a justificarse—. Ya sabes que no me sienta bien volar.

—Y tú sabes de sobra que no tendrías que hacerlo.

—Abuelo... —Ewan no se veía con fuerzas para mantener de nuevo aquella recurrente discusión—. ¿Quieres que llame más tarde?

—No, tu padre ya ha colgado. Espera un segundo, conectaré el altavoz y así podremos hablar todos a la vez.

—De acuerdo.

Liam le dio a la tecla correspondiente y Ewan oyó el eco de la voz de su padre.

—Estaba hablando con Simon —dijo Robert—, me ha dicho que en Nueva York están sucediendo cosas raras. Al parecer, varios almacenes del puerto han volado por los aires. Pertenecían a familias afines a los Talbot, así que por ahora no le vemos demasiado sentido, pero me ha dicho que echará un vistazo.

—¿Te ha contado lo que descubrió en Praga? —preguntó Ewan.

—No, me ha dicho que tú nos pondrías al tanto de todo. Tenía algo de prisa.

Ewan se frotó la sien y les relató lo que su primo le había explicado en el Vaticano.

—Es evidente que los Talbot están tramando algo —opinó Liam—, pero Magnus nunca rompería el pacto. Él puede ser muchas cosas, pero sigue siendo el líder de un clan poderoso y valora muchísimo su honor.

—Él ya no es el líder —le recordó Robert—, y todos sabemos que Rufus carece de los principios de su padre.

—Aun así, me cuesta creer que Magnus permita que sus empresas se dediquen al tráfico de drogas —añadió Liam—. No, tiene que haber algo más.

—En eso coincido contigo, abuelo —dijo Ewan—, si el único objetivo de Rufus fuera comercializar una nueva droga, no se habría molestado en ocultar esos cadáveres —señaló, haciendo mención tanto a las víctimas de Praga como a la chica muerta en Londres.

—Tal vez —convino Robert—, pero sin duda algo grave se está cociendo en los países del Este. Las familias del clan Talbot se han estado movilizando, y he detectado varias transacciones bancarias inusuales.

—Ayer mismo recibimos noticia de que en Sarajevo había aparecido una familia entera asesinada. El padre era biólogo, especializado en mutaciones de la sangre. Hacía una semana que el buen doctor había recibido un importante ingreso por parte de Vivicum Lab.

—Si ellos le pagaban, sería absurdo culparlos de los asesinatos —apuntó Ewan.

—No necesariamente. Quizá no querían que nadie más tuviera acceso a los descubrimientos del doctor. O quizá ahora mismo estén llorando su muerte —elucubró Liam.

—¿Cómo los asesinaron? —preguntó entonces Ewan.

—De un tiro en la cabeza, aunque, según nuestro contacto, en el informe policial se omitían varios detalles, como por ejemplo la ausencia de sangre en la escena del crimen y que el hombre tenía el cuello desgarrado —explicó Robert.

Se hizo un silencio y los tres se quedaron pensando en ese último detalle. Todos sabían perfectamente a qué podía deberse dicha herida, igual que sabían adónde había ido a parar toda la sangre que faltaba.

—Tengo unos días libres. Llamaré a Mitch y le preguntaré si han averiguado algo más acerca de la chica que apareció muerta en Londres antes de Navidad.

Mitch era un viejo amigo de Ewan que trabajaba en la policía metropolitana y que solía ayudarlo siempre que éste se lo pedía.

—Puedes hacer algo mejor —sugirió su padre, y en ese preciso instante el joven comprendió que le habían tendido una trampa.

Había sido un iluso al creer que podría quitarse de encima a dos de los mejores guardianes que había dado el clan.

—No. La respuesta es no —dijo inflexible.

—Ewan Jura, sabes perfectamente que no puedes negarte. No después de la vergüenza que ya nos has hecho pasar.

Él respiró hondo y trató de que esas palabras no lo hirieran.

—¿Qué debo hacer?

—En Vivicum Lab buscan a un bioquímico.

—¿Ah, sí? Vaya casualidad —contestó Ewan sarcástico. Estaba convencido de que a algún afortunado trabajador de Vivicum Lab le había tocado por sorpresa la lotería, o había recibido una herencia inesperada. Seguro que alguien del clan se había encargado de dejar disponible la plaza en cuestión para que él pudiera ocuparla. Se dijo que podría ser peor, su familia podría haber optado por un método más drástico para introducirse en los laboratorios de Rufus Talbot.

—Es una suerte que insistieras en llevar el apellido de tu madre en la universidad. Nadie sospechará que Ewan Barnett tenga nada que ver con los Jura. Eso nos facilita mucho las cosas. Y tu currículum es espectacular, no se les ocurrirá rechazarte.

—Gracias, abuelo —dijo Ewan, a quien el piropo no había hecho ningún efecto—. No hace falta que me dores la píldora, sólo decidme una cosa: ¿desde cuándo estáis tramando esto?

—No hemos estado tramando nada, Ewan —replicó su padre—. Deberías saber que lo único que nos preocupa es nuestra misión, y seguir fieles a nuestros orígenes.

Él tardó unos segundos en responder, pero al final lo hizo:

—Lo sé, papá. —Tal vez no estuviera de acuerdo con el legado que su padre y su abuelo defendían, pero sabía que era una causa noble—. Hoy mismo mandaré una carta a la universidad solicitando una excedencia.

—No hace falta, tu hermano lo hizo por ti —contestó Robert.

—Por qué será que no me extraña.

Ewan conocía de sobra los talentos de su hermano, y suponía que Daniel se habría hecho pasar por él sin ningún problema.

—Tienes la entrevista en Vivicum Lab mañana a las diez —lo informó su abuelo—. No llegues tarde, y no te olvides de llamarnos.

—No lo haré. —Tomó aire—. ¿De verdad no se os ocurrió pensar que podría negarme?

—No —respondieron los dos al mismo tiempo.

—En el fondo eres y siempre serás uno de los nuestros —añadió Liam.

—Y nunca hemos dudado de ti —concluyó su padre antes de colgar y dejarlo completamente atónito. Suerte que ya estaba sentado en el suelo, si no, se habría caído de la impresión.

Se habría quedado allí pensando, pero de repente sonó el timbre y fue a abrir a los transportistas que le traían los muebles. Menos mal que nadie se había enterado de eso, al menos podía conservar parte de su orgullo.

Esa noche, Ewan volvió a dormir con el jersey de Roma pegado a la nariz, pero a diferencia de la noche anterior, no trató de justificarse ni de buscar ninguna excusa. Y tampoco se engañó diciendo que al día siguiente se desharía de él. Al despertar, sintió un escalofrío recorrerle la espalda, pero se metió en seguida bajo la ducha y llegó a la absurda conclusión de que hacía demasiado tiempo que no iba al gimnasio. Bajo el agua, sintió cómo sus vértebras trataban de desencajarse, pero apoyó las manos contra las baldosas y al final consiguió dominar a la bestia.

Últimamente, eso le sucedía demasiado a menudo; quizá había llegado el momento de replantearse las cosas. O de pedir consejo.

Salió de la ducha y fue a afeitarse, y al ver su propio reflejo se dio cuenta de que, si bien había dominado la reacción en la espalda, tenía los ojos completamente negros. Si iba así a la entrevista no iban a darle el trabajo. Pensó en los campos empapados de lluvia, en el cielo de Escocia, en el mar, recurrió a todas las imágenes que solía utilizar para adormecer los instintos que bullían en su interior, pero ninguna pareció funcionar.

Se afeitó furioso y se dirigió a la habitación para vestirse. Una vez allí, se puso un traje oscuro y cogió el dichoso jersey, que ya no sabía si era una bendición o una maldición, y se lo acercó a la nariz. Respiró hondo. Poco a poco, los latidos de su corazón fueron aminorando y cuando levantó la vista hacia el espejo que tenía en el vestidor vio que sus ojos habían recuperado su aspecto normal. Verdes con toques castaños. Unos ojos bonitos según su madre, y de lo más comunes. No como los de su otro ser.

Llegó a Vivicum Lab diez minutos antes de la hora prevista y una mujer muy amable lo hizo pasar a una sala de espera, donde le ofreció té o café. Ewan aceptó una taza de lo segundo y se sentó a esperar. Cinco minutos después, se le erizó el vello de la espalda y se sintió a punto de perder la batalla que últimamente estaba librando contra sí mismo.

Allí, de pie junto a una máquina expendedora de galletas, estaba la chica de las lágrimas. ¿Cómo era posible que no la hubiera percibido hasta entonces? «Claro que lo has hecho, pero como sigues empeñado en ignorar tus instintos, ellos te castigan de este modo», le dijo aquella voz de su cabeza que él se negaba a denominar conciencia.

«Quizá podría levantarme sin que me viera», pensó, pero al mismo tiempo sus manos se aferraron a la silla en la que estaba sentado, y supo que, igual que en Roma, tendría que arrancarse un brazo si quería salir de allí; el guardián no iba a aceptar que lo apartara de la muchacha de ojos tristes así como así. Respiró hondo, sintió que el aire acondicionado impregnado de desinfectante recorría sus fosas nasales y la esencia de su obsesión le hizo la boca agua. «No, tienes que controlarte, siempre has podido hacerlo, no falles ahora —era el mantra que se repetía una y otra vez—. Pero nunca habías tenido que enfrentarte a...»

—Hola —saludó ella—, no sabía que hubiera nadie.

A Ewan se le detuvo el corazón; ni aunque viviera un millón de años podría olvidar aquella voz. Fue como recibir un puñetazo en el esternón, notó todas y cada una de las gotas de sudor que le resbalaron por la espalda, y tragó saliva para ver si así conseguía aliviar la repentina tensión que sentía en las encías. Cerró los puños y se clavó las uñas en las palmas antes de que comenzase la transformación. Levantó la cabeza, que hasta entonces había mantenido relativamente agachada, y pidió a sus antepasados que le dieran fuerzas para no cometer ninguna locura.

—Hola —respondió, sorprendiéndose a sí mismo por ser todavía capaz de hablar.

Ella se quedó mirándolo, y a juzgar por el rubor que tiñó sus mejillas, Ewan dedujo que era tímida. «O quizá le está sucediendo lo mismo que a ti», pensó esperanzado.

—¿Quieres una? —La chica le ofreció una galleta del paquete que acababa de sacar de la máquina.

—No, gracias. —Si apartaba la mano de la silla la agarraría, y no podía correr ese riesgo—. He venido a una entrevista —soltó de repente.

—Ah. —Ewan creyó ver que a ella le temblaba la mandíbula—. ¿Es por el puesto de farmacéutico?

—No. —Cerró los puños para controlar el impulso de consolarla—. Para el de bioquímico. Encargado del laboratorio de investigación cosmética, creo que decía el anuncio —improvisó—. ¿Necesitas un farmacéutico? —¿De dónde había salido esa pregunta? Él nunca flirteaba, y menos con la mujer que seguramente terminaría siendo su perdición.

—No, bueno. —Ella se mordió el labio inferior y él tuvo ganas de gruñir. Todo aquello empezaba a ser ridículo—. Mi amiga Stephanie era la farmacéutica de mi equipo, y ahora que ya no está…

Ewan recordó entonces que la chica muerta por sobredosis se llamaba Stephanie, y al ver que a la joven se le llenaban los ojos de lágrimas que se negaba a derramar, no pudo controlarse más. Se puso en pie y se le acercó. Despacio, muy despacio, como si no pudiera fiarse de sí mismo —y no se fiaba—, levantó una mano y se la colocó en el hombro.

—¿Estás bien? —le preguntó, y sintió que en las yemas de sus dedos quedaba impregnada la sensación de haberla tocado.

—Sí. —Suspiró—. No. Lo siento, no suelo comportarme así. No sé qué me pasa, primero en Roma y ahora… —Levantó la vista y se quedó mirándolo a los ojos.

En ese instante se abrió la puerta y apareció la mujer que había recibido a Ewan.

—Lo están esperando, señor Barnett, si es tan amable de seguirme.

De mala gana, él apartó la mano del hombro de la joven, pero no sin antes pasarle el dedo índice por la piel del cuello que quedaba al descubierto pegada a la camisa. A ella se le dilataron las pupilas; un humano no habría podido verlo, pero Ewan sí.

—Me llamo Ewan —le dijo en voz baja, negándose a salir de allí sin que ella supiera su nombre.

—Yo, Julia —respondió, y con el dorso de la mano se secó la única lágrima que se le había escapado—. Suerte con la entrevista —añadió.

Él dio un paso atrás y no dijo nada. No, ni toda la suerte del mundo podría salvarlo.

—Gracias —respondió con educación.

—Señor Barnett, lo están esperando —repitió la recepcionista, abriendo la puerta para dejarle paso.

Ewan salió de la sala de espera decidido a no darse media vuelta, pero cuando apenas lo separaban quince metros de Julia, no pudo evitar volver la cabeza. Y al verla allí de pie, junto a la puerta, supo que aquélla sería la mejor entrevista de su vida, y que no lo haría para ayudar a su clan, ni para vigilar a los Talbot, ni siquiera para cumplir con su misión. No, lo haría porque necesitaba volver a ver a Julia y asegurarse de que no volvería a llorar nunca más.

5

A Simon Whelan no le gustaba esperar, y menos en su propia casa y apestando a humo. Quería ducharse y beber algo, no necesariamente en ese orden, y quería olvidarse de que casi se le había caído encima un almacén entero. Había sido un error ir solo al puerto, aunque jamás lo reconocería; había escapado por los pelos, y si los esbirros de Talbot no hubieran estado tan ocupados como estaban tratando de salvar sus propios pellejos, seguro que lo habrían visto. Movió los hombros y giró el cuello hacia ambos lados hasta que oyó que las vértebras volvían a su sitio.

—Señor Whelan, me alegra ver que me ha esperado —dijo una voz femenina a su espalda. Una voz que siempre le ponía la piel de gallina y le hacía la boca agua.

—Si no recuerdo mal, señorita Strokes, no me ha dejado otra opción —respondió él dándose la vuelta—. ¿Qué es eso tan urgente que no puede esperar a mañana?

—Fue usted quien insistió en que lo avisara si detectaba algún movimiento extraño en las cuentas del grupo Jura-Whelan —contestó la chica sin amedrentarse.

Quizá Simon Whelan fuera el protagonista de todas sus fantasías eróticas, pero seguía siendo su jefe, un jefe muy estricto, que se había arriesgado mucho al contratar a una recién licenciada en Derecho.

Simon esbozó una media sonrisa. Un gesto que lo hacía parecer más peligroso y joven al mismo tiempo.

—Comprendo —dijo—. ¿Qué ha descubierto, señorita Strokes?

Se acercó a él y le tendió una carpeta.

—Ayer, una de las filiales que tenemos en Japón traspasó un importe más que considerable a la sucursal de Alaska. Minutos más tarde, alguien retrocedió la transacción, pero dejó un rastro. —Le señaló una línea—. Con el cambio de moneda y la diferencia horaria de los mercados, calculo que…

—Que alguien está tratando de robarnos. La cuestión es, señorita Strokes, ¿por qué? —Simon se apretó el puente de la nariz.

—Señor Whelan, si me lo permite, después de detectar esa transacción tan extraña me puse a revisar los expedientes del personal de Japón. Usted me dijo que podía hacerlo —añadió, al ver que él la miraba interesado—, y, aparte de usted y de sus primos, Ewan y Daniel Jura, las únicas otras personas con nivel de acceso suficiente para mover tal importe son los señores Robert y Liam Jura, Oliver Steel, Mathew Clark y su ex esposa. —No hizo falta que añadiera que le parecían demasiados, al fin y al cabo, se suponía que eran unos códigos supersecretos, y Mara no entendía que los tuvieran ocho personas.

—¿Mi ex esposa? —preguntó Simon—. ¿Por qué diablos sigue teniendo acceso?

—No lo sé, señor.

—Asegúrese de cambiarlos ahora mismo —ordenó sintiendo que empezaba a tirarle la piel.

—Ya lo he hecho, señor —le aseguró la joven.

—Y mande los nuevos a todos excepto a la zorra de mi ex esposa.

Simon había cometido muchos errores en su vida, pero sin duda, casarse con Naomi sabiendo que no era su alma gemela había sido el peor de todos. Sus instintos nunca se lo habían perdonado, pero claro, el sexo con ella había sido genial. O eso había creído él a esa edad. Naomi no había tenido ningún reparo en aprovecharse de Simon y de su dinero, pensó, abriendo y cerrando los puños para no perder la calma.

—De acuerdo, señor —contestó Mara tomando nota en su ridícula agenda de piel roja.

—¡Y haga el favor de dejar de llamarme señor! —le espetó él—. Y utilice la PDA que le regalé, como todo el mundo.

—Como quiera, señor.

Simon se dio por vencido y se sentó en el sofá que presidía el despacho que tenía en su apartamento.

—Recuérdeme por qué la soporto, señorita Strokes.

—Porque sin mí estaría perdido, señor Whelan. O eso me dice cada vez que llega tarde a una reunión —le recordó ella, sonrojándose de la cabeza a los pies.

—Será por eso —dijo él, recorriéndola con la mirada al mismo tiempo que se impregnaba de aquel olor tan dulce e inocente propio de Mara Strokes—. Si no le importa, señorita Strokes, creo que iré a ducharme. Apesto, y estoy agotado. —Se levantó y se dirigió hacia el cuarto de baño, pero se detuvo al llegar a la puerta—. ¿Por qué no me ha preguntado qué me ha pasado? Cualquier otra persona lo habría hecho; estoy cubierto de hollín y huelo a cerveza y a agua podrida. Por no mencionar la herida que tengo en la frente. —Se pasó la manga de la camisa por dicha herida, que había tenido el detalle de dejar de sangrar.

—No es asunto mío, señor Whelan. —Aunque había tenido que recurrir a toda su fuerza de voluntad, propia de una ex alumna de colegio de monjas, para no correr hacia él y curarlo—. Buenas noches, señor, lo veré mañana.

Con su ridícula agenda en la mano, Mara se acercó a la puerta, e iba a salir cuando añadió:

—Pero me alegro de que estés bien, Simon.

Cerró la puerta antes de que él pudiera contestar y no pudo ver que los ojos azules de su misterioso jefe habían adquirido el tono del océano en plena tormenta.

Ewan salió de la entrevista con el cargo de responsable del laboratorio de cosmética de Vivicum Lab bajo el brazo. Su abuelo no había mentido; realmente el puesto estaba hecho a la medida de alguien con su currículum. Los responsables de Recursos Humanos habían tratado de disimular su entusiasmo, pero repitieron un par de veces lo descolocados que se habían quedado cuando la doctora Lindam les comunicó que se iba a España para pasar más tiempo con su hija y su nieta. Así que eso era lo que habían hecho su padre y su abuelo; mandar a una pálida inglesa del East End de Londres a tostarse bajo el sol español y a jugar a ser la abuela perfecta. Ewan se detuvo en recepción unos minutos. Sólo para esperar a que le dieran el pase de seguridad de la empresa, no para ver si se encontraba a Julia de nuevo.

—Aquí tiene su tarjeta, señor Barnett —le dijo el muchacho que había sustituido a la mujer que lo había recibido antes—. ¿Cuándo empieza?

—Mañana —respondió él.

—Oh, qué pronto —contestó el joven—. ¿Necesita que lo ayude con algo más? Si no me falla la memoria, me parece que por aquí tenemos algún plano del edificio —añadió, al mismo tiempo que se ponía a abrir cajones.

A Ewan no le hacía falta ningún mapa, y no porque sus instintos de guardián fueran casi infalibles, sino porque hacía años que su familia vigilaba a los Talbot, y disponían de planos detallados de todas las fábricas y negocios importantes del clan contrario. Estaba a punto de aceptar el ofrecimiento del chico, pues supuso que eso sería lo más lógico y educado, cuando se le secó la garganta, y sintió el corazón palpitándole contra el pecho. «Otra vez no», fue lo primero que se le ocurrió, y acto seguido buscó a Julia con la mirada. No la vio por ningún lado, a pesar de que sus instintos le decían que estaba cerca. Muy cerca. «Y te necesita.» Eso lo supo con absoluta certeza.

—No te preocupes, estoy seguro de que me las apañaré. Adiós. —Abandonó la recepción y salió al pasillo que conducía al ascensor. El corazón le latía cada vez más rápido, sentía como si una banda de acero le oprimiese el pecho. «Tengo que encontrarla.» Todo él era una brújula, y Julia el norte que lo guiaba.

Convencido de que iría más de prisa a pie, bajó por la escalera de incendios, y al llegar a la calle no perdió ni un segundo en mirar si alguien lo había visto. Luego, inspeccionó el aparcamiento con la vista y no tardó en dar con ella. Julia estaba sentada en un banco de cemento que había justo al lado de la zona en la que aparcaban los empleados del laboratorio. Estaba llorando.

Sin cuestionárselo siquiera, Ewan se acercó y se sentó a su lado. Julia levantó la cabeza y lo miró, y a él se le rompió el alma al ver aquellas lágrimas. El guardián no le dejó opción, aunque Ewan tampoco hubiera querido hacer otra cosa, y la atrajo contra su torso. Ella se tensó durante medio segundo, y acto seguido se aferró a su chaqueta y rompió a llorar con más fuerza. Ewan la abrazó, y le pasó una mano por la espalda para tranquilizarla mientras con la otra le acariciaba el pelo. Ambas le temblaban, y sabía perfectamente por qué, pero en aquellos momentos no podía ni quería hacer nada al respecto. Lo primero y más importante era asegurarse de que Julia estuviera bien.

—No llores —le dijo, y se atrevió incluso a agachar la cabeza y besarle el pelo—. No llores.

Julia debió de oírlo, porque poco a poco sus sollozos fueron aminorando hasta desaparecer. Ewan notó el instante exacto en que ella se daba cuenta de dónde estaba y con quién, pues notó que se tensaba de repente y, aunque no podía verla, supo sin duda que se sonrojaba. No quería soltarla, ni entonces ni nunca, pero supuso que tenía que hacerlo, así que apartó las manos, no sin antes colocarle un mechón de pelo detrás de la oreja, y se echó un poco hacia atrás.

—¿Estás bien? —le preguntó, al ver que ella aún no se atrevía a mirarlo a los ojos.

—Sí, gracias —respondió—. No sé qué me ha pasado. —Levantó la barbilla y se enfrentó a los ojos de Ewan—. Lo siento.

En ese instante, y sólo por ese gesto, Ewan vio que Julia era una mujer valiente y decidida, y se sintió muy orgulloso de ella. Todavía no estaba listo para asumir que fuera su alma gemela, ni que él fuera el legendario guardián que su clan esperaba, pero a juzgar por la evidente reacción que la joven le provocaba, no iba a negar lo que podía llegar a significar para él.

—No te preocupes —le aseguró—. No pasa nada. —Con un movimiento tímido, y nada propio de él, Ewan buscó su mano y entrelazó los dedos con los suyos. Se habría apartado si Julia lo hubiera hecho, pero no lo hizo—. ¿Qué ha pasado?

—¿Cómo ha ido la entrevista? —le preguntó ella sin responder a su pregunta y sin soltarle la mano. No sabía muy bien qué tenía aquel hombre de especial, ni por qué se sentía tan bien con él, pero después de todo lo que le había sucedido esa mañana no iba a cuestionárselo.

—Bien, me han dado el puesto. Empiezo mañana —contestó él. Los dos se quedaron en silencio durante unos segundos, mirándose a los ojos—. Sé que te parecerá una locura —dijo Ewan finalmente—, pero ¿por qué no vamos a comer algo? No tienes que contarme por qué llorabas si no quieres, pero —respiró hondo— me quedaría más tranquilo si aceptaras acompañarme. —La miró a los ojos y no trató de ocultar que se sentía muy atraído hacia ella.

Julia se quedó sin aliento. Acababa de llorar abrazada contra aquel torso y nunca, excepto en sus sueños, se había sentido tan bien. Desde pequeña, había sabido que no era como las demás niñas, no en lo que a la relación con el sexo opuesto se refería. Ella siempre soñaba con un hombre, uno al que nunca le veía la cara pero al que reconocería en cualquier parte, o eso creía.

A medida que había ido haciéndose mayor, los sueños habían ido aumentando en intensidad y frecuencia, pero nunca veía el rostro de su misterioso protagonista. Sólo sus ojos, unos ojos negros de una intensidad que le llegaba al alma, y un tatuaje que le cubría el brazo izquierdo y le subía por el hombro y parte del cuello para luego esconderse por la espalda. Y el calor. Nunca podía recordar detalles concretos del hombre de sus sueños, pero sí la calidez que emanaba de su cuerpo. Una calidez que sólo había sentido en Roma, aquel día que se echó a llorar frente a la pastelería, y hacía unos minutos, en brazos de Ewan. Se quedó fascinada mirándole los ojos: verdes. No eran negros, y parecía imposible que él tuviera un tatuaje. Negó con la cabeza. ¿Cuántas veces le había dicho Stephanie que dejara de pensar en ese hombre que sólo existía en su imaginación y que le diera una oportunidad a uno de carne y hueso? Miles, dijo una voz en su cabeza, y, al recordar a su amiga, los ojos volvieron a llenársele de lágrimas.

—No llores. —Ewan levantó la mano que tenía libre y le secó la mejilla—. ¿Qué ha pasado?

—Stephanie, mi mejor amiga, ha muerto —explicó ella, zafándose de la mano para buscar un pañuelo de papel en el bolso que había tirado junto a sus pies—. Murió hace unos días.

—Lo siento —dijo él sincero, sin añadir que ya lo sabía y que por eso estaba allí—. Vamos. —La ayudó a levantarse—. ¿Cuál es tu coche?

—No tengo coche —respondió Julia, que parecía agotada.

—Yo sí, es ese de ahí. —Señaló el todoterreno negro que conducía—. Te llevo a tu casa, si es que no te apetece ir a comer algo antes.

Le abrió la puerta del acompañante y la ayudó a entrar. Y cuanto más rato pasaba con ella, y más la tocaba, más crecían dentro de él las ansias de poseerla. Pero seguía controlándolas, así que giró la llave y puso el coche en marcha.

—Gracias —dijo la joven—. Siento mucho todo esto. —Se sonrojó otra vez—. Apenas nos conocemos, y yo… —Se calló al ver que él apartaba una mano del volante y volvía a entrelazar los dedos con los suyos.

—Eso no importa ahora, ¿no crees? —preguntó Ewan, mirando la carretera—. ¿Dónde vives? —A pesar de que el guardián le gritaba que la llevara a su apartamento y no la dejara volver a salir de allí, Ewan no iba a hacer tal cosa. Al menos, todavía no.

—En la calle Marylebone, pero puedes dejarme donde te vaya bien.

—Te llevaré hasta allí —le aseguró él, que cada vez estaba más contento de haberse comprado un coche automático y así no tener que soltarle la mano para cambiar de marchas.

Se detuvieron frente a un semáforo y Julia respiró hondo. No sabía que fuera a contárselo, pero de repente empezó a hablar y ya no pudo parar:

—A Stephanie la encontraron muerta en un callejón hace unas semanas. Salió en todos los periódicos, quizá leíste la noticia. Primero dijeron que había sido una sobredosis, pero es imposible, ella nunca se habría drogado. Y no lo digo porque fuera mi amiga, sé que es así. Lo sé. Sencillamente, lo sé. Y luego dijeron que había tenido un infarto. Es imposible.

Ewan tuvo que soltarle la mano para girar el volante y lamentó no poder volver a cogérsela.

—A veces, gente muy joven sufre infartos —señaló, a pesar de que él tampoco creía que la muerte de la muchacha se debiera a ninguna enfermedad cardíaca.

—Ya, pero no Stephanie. Hacía gimnasia, natación, y nunca comía mal ni bebía en exceso. Era la viva imagen de la salud.

—¿Y por eso estabas llorando antes?, ¿por la muerte de tu amiga?

—Gira allí —indicó Julia, que seguía mirando por la ventanilla del coche—. Sí y no. Días después de su muerte, recibí un paquete suyo —le contó, y a Ewan se le erizó el vello de la nuca—; un cuaderno de notas al que todavía no le encuentro sentido. Iba a dárselo a la policía, pero esta mañana he llamado y no sólo me han ignorado, sino que me han dicho que el caso ya está cerrado. Es como si les diera igual.

«O como si alguien hubiera insistido mucho en que no siguieran investigando», pensó Ewan.

—Y a sus padres también les da igual —añadió Julia.

—¿A los padres de Stephanie? —preguntó él, maniobrando para aparcar.

—Sí, han dado por hecho que la alocada de su hija se pasó de la raya. Ella nunca había encajado en esa familia tan estirada, y creo que sus padres incluso se sienten aliviados de que ya no esté. —Entonces, Julia se percató de que el vehículo se había detenido y miró a Ewan—. No tengo ganas de ir a ninguna parte —y tras una pausa, añadió—: Pero si te apetece, puedes subir a casa. Prepararé té.

—Claro —contestó él, que no deseaba compartir a Julia con nadie. Aquel breve trayecto había servido para que apreciara lo a gusto que estaba a solas con ella.

Bajaron del todoterreno y Ewan la siguió hasta el portal blanco de un edificio antiguo de ladrillo rojizo. Subieron la escalera hasta el primer piso en silencio, y a ella le costó un poco encontrar las llaves.

—Pasa y ponte cómodo —le dijo—. Yo voy a… —Señaló el baño—. En seguida vuelvo.

—Tranquila.

Ewan no sabía si sentarse en el sofá de piel color canela que presidía la pequeña salita o quedarse de pie; al final optó por la segunda opción y se dedicó a mirar las fotografías que decoraban las estanterías de la surtida biblioteca que ocupaba la pared norte del apartamento. Sonrió al ver que los gustos literarios de Julia abarcaban casi todos los géneros, y que en muchos casos coincidían con los suyos. Encima de la repisa que había junto a la ventana, había un tiesto con flores blancas y un cuaderno abierto. No pudo evitar acercarse a él, y lo que vio lo dejó sin aliento. Allí, dibujado con trazos firmes, estaba el tatuaje que, según la leyenda, aparecería en su brazo izquierdo cuando por fin el guardián que habitaba en su interior saliera a la luz. Según ésta y lo que habían contado su padre y su abuelo, cuando por fin encontrara a su alma gemela y dejara de negar la existencia de su otro ser, el símbolo de los guardianes aparecería en su cuerpo para no volver a desaparecer.

Él nunca se lo había creído, a pesar de haber visto esas

marcas en los brazos de su abuelo y de su padre; a este último se le estaba desvaneciendo desde el abandono de Alba, algo que el consejo todavía estaba estudiando; en cambio, el de Liam estaba intacto, aunque su abuela había fallecido tiempo atrás. Todos los guardianes tenían marcas distintas, que identificaban el clan al que pertenecían y el valor que se les suponía. Según la leyenda, Ewan estaba destinado a ser un gran guardián, pero él siempre había rechazado la idea. En el *Diario de los guardianes* había visto una representación del símbolo del elegido y era idéntico al dibujo que en esos momentos tenía delante. Imposible.

—Voy a preparar té —dijo Julia, apareciendo de repente.

—¿De dónde has sacado esto? —le preguntó él, señalándole el cuaderno, y tratando de tragarse el nudo que se le había hecho en la garganta.

—De mis sueños.

6

«De mis sueños.» Las palabras de Julia no paraban de resonar en la mente de Ewan. Tras contestarle, se había metido en la cocina para preparar el té, y él se había quedado allí de pie, como un idiota. Otra de las leyendas del *Diario de los guardianes* era que, en casos muy excepcionales, el destino se aseguraba de que la mujer destinada a ser el alma gemela de un guardián soñara con él desde pequeña. Una especie de preparación para cuando se conocieran en el mundo real. En esos casos, ese guardián nunca podría ser feliz con otra, pues esa mujer era la única con la suficiente fuerza como para poder estar a su lado. Esas parejas eran legendarias, y se decía que cuando el guardián se entregaba a su compañera era para siempre, y que el acto en sí era de una intensidad y fuerza abrumadoras.

Ewan tenía que salir de allí. Le dolían los puños de la fuerza con que los estaba apretando; notaba que la espalda se le ponía tensa, no sabía de qué color tenía los ojos y le escocían las encías. Y en ese instante apareció Julia con una ridícula bandeja estampada con flores y dos tazas de té. Se sentó en el sofá y le hizo un gesto para que se acercara. Ewan no fue consciente de obedecer, pero en cuestión de segundos estuvo a su lado.

—¿Quieres azúcar? —le preguntó.

Él la miró y vio que se había lavado la cara y se había

puesto una diadema para apartarse su precioso pelo negro de la cara. Los ojos le brillaban y tenía los labios algo húmedos, como si hubiera bebido agua. Ewan no tenía ni idea de cómo le gustaba el té, de hecho, no tenía ni idea de nada. Lo único que sabía era que si no la besaba perdería el control. Y ni ella ni él estaban preparados para que eso sucediera. Levantó las dos manos, y, aunque vio que temblaba, no se detuvo y le sujetó el rostro con ellas. Esperó a que Julia lo mirara a los ojos y entonces inclinó la cabeza y devoró sus labios.

Ewan había besado a muchas mujeres antes, y en ese momento supo que había estado perdiendo el tiempo. Tan pronto como sintió su tacto comprendió que jamás podría volver a besar a otra, que jamás querría volver a hacerlo. Le recorrió el interior de los labios con la lengua, le mordió el labio inferior y, cuando sintió el suave sabor de la sangre de ella en la boca, gimió de placer. No tuvo tiempo de plantearse lo que hacía, sino que deslizó los brazos por su espalda y la apretó contra él para seguir besándola, impregnándose de su olor, aprendiéndose de memoria las curvas de su cuerpo.

Julia nunca había sentido nada igual. Nunca había creído ser capaz de experimentar aquella pasión ni de responder a ella, pero cuando Ewan la besó, sólo pudo registrar dos cosas: él tenía los ojos negros, y la necesitaba.

Ella era científica, sabía que tales cosas no existían en el mundo real; su vida se basaba en ello. Nadie necesitaba a nadie, al menos no en el sentido estricto de la palabra. Pero Ewan la necesitaba, casi tanto como ella a él. Trató de devolverle el beso con la misma fuerza y cuando lo oyó gemir sintió como si una lengua de lava le acariciara la espalda. Él fue tumbándola en el sofá. Ninguno de los dos parecía controlar demasiado sus movimientos, no era en absoluto la escena bien conjuntada de una película; las ansias por tocar la piel del otro les hacía tener los dedos torpes.

«Tengo que besarla otra vez. Tengo que asegurarme de que no me olvidaré jamás de su sabor.»

Julia le acarició el pelo, bajó la mano hasta la nuca de Ewan y descansó allí los dedos. Él cambió el ángulo del beso, profundizándolo todavía más, moviéndose encima de ella sin poder dejar de hacerlo. Julia deslizó las manos más abajo, hasta la primera vértebra de Ewan y él se detuvo de repente.

«No quiero que me vea así. No quiero que sepa que soy medio bestia.»

—Yo… lo siento —dijo, apartándose—. Lo siento.

Al ver que él se sentaba, incómodo, y que, a juzgar por su mirada, se arrepentía de lo sucedido, Julia también se incorporó y se puso bien la camiseta que, segundos antes, Ewan había empezado a subirle por el estómago.

—Yo también lo siento.

Él se puso en pie y ella hizo lo mismo.

—Será mejor que me vaya —dijo, intentando no mirarla, consciente de que si lo hacía se abalanzaría sobre ella.

—Claro. —Lo acompañó hasta la puerta sin saber qué decir. A Julia nunca le sucedían cosas como aquélla, y no sabía cómo reaccionar: ¿lo insultaba por haberla besado de ese modo, le daba las gracias por comportarse como un caballero, o lo sujetaba por el cuello y volvía a besarlo?—. Hasta mañana. —Era una frase realmente estúpida, pero al final fue la única que se le ocurrió.

—Hasta mañana, Julia —contestó él, ya en el umbral—. Yo… —Se pasó la lengua por los labios y, al sentir que los colmillos todavía no se le habían escondido del todo, aunque tampoco habían llegado a salirle por completo, optó por retirarse—. Nos vemos en el trabajo.

Julia cerró la puerta y se quedó unos largos segundos tocando la madera con la palma de las manos, con la frente apoyada en ella y los ojos cerrados. El corazón seguía latiéndole desbocado, y, aunque él ya no estaba, todavía podía notar sus manos sobre su piel. Sintió un escalofrío. Besar a Ewan no había sido dulce, ni tierno, había sido demoledor, y si él no se hubiera apartado, habría podido seguir durante horas. Respiró hondo y trató de convencerse de que aquella reacción tan inexplicable se debía en parte a lo agotada que estaba y al disgusto que se había llevado después de hablar con la policía.

Dio media vuelta y fue a por las tazas de té; ordenar siempre la había ayudado a recuperar la calma. Dejó la bandeja en la cocina y se encaminó a su habitación, en busca del portátil. No importaba lo que dijera la policía, o lo que pensaran los padres de Stephanie, Julia seguía creyendo que la muerte de su amiga ocultaba algo más, y no iba a parar hasta descubrirlo.

Releyó los correos que Steph le había mandado durante su último mes de vida en busca de algo, cualquier cosa, que pudiera parecer fuera de lugar. Nada, en ninguno mencionaba que tuviera la intención de enviarle un cuaderno lleno de anotaciones absurdas, ni que tuviera miedo de nadie. La gran mayoría eran e-mails cortos en los que adjuntaba algún vídeo divertido o en los que le decía lo sosa y aburrida que era por no querer acompañarla a una fiesta u otra. Iba a cerrar la carpeta en la que guardaba los envíos de Stephanie cuando recordó una cosa. ¿Cómo era posible que lo hubiera olvidado?

¡No tendrías que estar mirando el correo! ¡Es domingo! Haz el favor de cerrar el ordenador y llama a ese guaperas del gimnasio que te dije… te aseguro que no te arrepentirás. Mañana te lo cuento con todo lujo de detalles, pero ayer conocí a un tío fantástico; guapo, sexy, con un cuerpo increíble y un tatuaje de infarto. Lo único malo que tiene es el nombre: Ezequiel. ¡Es horrible! Tendré que encontrarle un apodo antes de acostarme con él. No me imagino gritando ¡Ezequiel! Tú ya me entiendes. Me ha dicho que la semana que viene podríamos ir a Rakotis. Seguro que no te suena, pero es un local muy exclusivo, sólo se accede con invitación, así que te vienes con nosotros. Tienes una semana para encontrar pareja. Besos. ¡Apaga el ordenador!

Julia leyó el correo otra vez y no pudo evitar sonreír. No había llamado al del gimnasio, y Stephanie se pasó todo el lunes diciéndole que era una remilgada y relatándole las excelencias del tal Ezequiel. Durante el resto de la semana no pudieron volver a coincidir; Julia se vio atrapada por un proyecto urgente y Stephanie, igual que siempre que tenía nuevo novio, andaba con la cabeza en las nubes. Llegó el sábado y Julia estaba demasiado cansada para ir a ninguna parte, así que se quedó en casa. Nunca supo si Stephanie había llegado a ir a Rakotis, o si había quedado con Ezequiel, pues cuando volvió a ver a su amiga ya estaba muerta. Julia les contó lo del tal Ezequiel a la policía y éstos, días más tarde, le confirmaron que se habían puesto en contacto con él y que el señor Ezequiel Faros ni siquiera se encontraba en Londres cuando Stephanie murió.

Julia cogió el bolso y buscó el cuaderno que Steph le había mandado por correo. Pasó las páginas con rapidez hasta dar con lo que estaba buscando. Allí, al final de una serie de fórmulas, había un dibujo, una «R» idéntica al logotipo de Rakotis. Lo sabía porque su amiga le había mandado una imagen del mismo por e-mail. Quizá fuera casualidad. Quizá no significara nada, pero si Stephanie había ido allí unos días antes de morir, valía la pena echarle un vistazo. Ahora sólo tenía que averiguar dónde estaba el dichoso club y conseguir una invitación.

Algo más satisfecha consigo misma, apagó el ordenador y fue al cuarto de baño a cepillarse los dientes y prepararse para acostarse. Llevaba ya el pijama cuando una imagen le vino a la mente: el rostro de Ewan al despedirse. Éste no tenía los ojos verdes. Los tenía negros. Negros como la noche. Negros como los del único hombre que la había besado.

Ewan se metió en el todoterreno y tardó unos minutos en arrancar. Sujetó el volante con fuerza, con la mirada fija en sus nudillos y la frente empapada de sudor. Controlar al guardián nunca le había resultado fácil, pero esa vez quizá le fuera imposible. Su columna vertebral estaba recuperando su aspecto normal. Gracias a la camisa y a la americana nadie podría notarlo, pero si Julia lo hubiera seguido tocando sí se habría dado cuenta, pensó. Las garras seguían sin aparecer, pero sentía que la piel de los dedos se le había tensado, preparándose para darles paso, y cómo el frío metal líquido circulaba por sus venas. Nunca había estado tan cerca de transformarse sin que el influjo de la luna lo obligara a ello.

Se lamió los labios, y fue un error; con ello recordó el sabor de Julia y los dos colmillos de la encía superior volvieron a insinuarse. Se pasó la lengua por uno de ellos y se cortó; el sabor de su propia sangre le recordó la de ella y volvió a excitarse. Aunque, a decir verdad, no había dejado de estarlo. Respiró hondo, tiró del nudo de la corbata y se desabrochó los botones del cuello de la camisa. Se aseguró de que el maldito tatuaje no hubiera aparecido. No lo había hecho, y no aparecería hasta que la hiciera suya, pero Ewan podía sentir un cosquilleo bajo la piel.

Apretó la mandíbula y puso el coche en marcha. Tenía que alejarse de allí cuanto antes; incluso desde el todoterreno, a varios metros de distancia y con múltiples paredes separándolos, podía oír el latido del corazón de Julia, el tentador calor que desprendía su cuerpo y que lo atraía como jamás lo atraería el de ninguna otra. Se había pasado treinta y cinco años negando que fuera un guardián, repudiando su propia existencia; y el destino le había seguido el juego… para ahora demostrarle que no podía haber estado más equivocado. Su padre y su abuelo, al igual que el resto de su familia, creían que negaba su naturaleza porque era un científico y no quería tener nada que ver con unos seres que desafiaban la mayoría de las normas de la naturaleza. Pero nada más lejos de la realidad; Ewan siempre se había negado a sucumbir al poder del guardián porque tenía miedo. Miedo de no regresar jamás.

Todavía recordaba la primera vez que sintió al guardián dentro de él. Tenía siete años, y él y Daniel estaban jugando cerca del acantilado. Su madre aún vivía con ellos y su padre era feliz. Los hermanos Jura conocían la leyenda de su raza y ambos estaban impacientes por convertirse en guardianes. Ewan era once meses mayor que Daniel, así que sería el primero en experimentar los cambios.

Ese día, mientras jugaban, oyó el ruido de unas ramas rompiéndose y en cuestión de segundos Daniel y él estuvieron rodeados. Había visto antes perros salvajes, pero nunca con aquellos colmillos y aquellos lomos tan descomunales. Jadeaban profundamente, y tras ellos había un hombre, un guardián, a juzgar por el tatuaje y las garras de acero, pero no pertenecía a ningún clan amigo.

—¿Quién de los dos es Ewan Jura? —preguntó, sujetando un silbato entre los dedos.

Ambos hermanos se miraron y dijeron al unísono:

—Yo.

El hombre esbozó una cruel media sonrisa, descubriendo un colmillo.

—Como queráis. —Se llevó el silbato a los labios y sopló.

Los perros atacaron al instante y Ewan cerró los ojos. O eso fue lo que quiso hacer, recordó, porque la verdad era que todavía ahora no sabía qué había pasado. Lo único que recordaba era que, esa noche, su madre lo bañó y le quitó de encima toda aquella sangre. Recordaba el agua helada de la bañera, las garras de acero que tardaron casi toda la noche en volver a ocultarse bajo la membrana de piel, los colmillos, el dolor de la columna tras el desplazamiento de las vértebras.

Durmió acurrucado en los brazos de su madre y, a la mañana siguiente, Daniel fue a verlo. Su hermano pequeño tenía una cicatriz en la frente y se limitó a abrazarlo y a darle las gracias. Ewan no le preguntó nada, pero a juzgar por sus palabras nadie había acudido a salvarlos, sino que él solo había aniquilado a los perros y a su dueño.

Ewan se pasó todo el día en la cama, observando asustado el silbato que su padre le había dejado encima de la mesilla de noche. Tenía la cadena rota y seguía manchado de sangre.

Eran ya las tantas de la madrugada cuando oyó voces en el salón y, sin pensarlo demasiado, se levantó y caminó descalzo hasta allí. Sus padres estaban despiertos, y discutían. Ewan nunca los había visto enfadados; de hecho, él y Daniel solían sentirse avergonzados de los besos que se daban. Algo asustado, y sin poder contener la curiosidad, se sentó en el suelo, detrás de una de las columnas que precedían la escalera que bajaba al salón.

—Robert, ¿cómo puedes estar tan tranquilo? —preguntaba Alba, que caminaba de un lado al otro—. Nuestro hijo de siete años ha matado él solo a cuatro perros mutantes, o como se llamen, y ha degollado a un hombre, que debía de pesar cien kilos más que él.

Ewan se miró las manos horrorizado. ¿De verdad había sido capaz de cometer tal atrocidad? ¿Por qué no podía acordarse?

—Alba, siempre hemos sabido que ése era su destino —contestó Robert, tratando de calmar a su esposa.

—¿Su destino? ¡Su destino! —Levantó las manos exasperada—. Me dijiste que sería como tú, un guardián. Un hombre dedicado a proteger a los demás, no que con siete años tendría que bañarlo para quitarle la sangre. Nunca me dijiste que nuestros hijos corrían peligro. Si lo hubiera sabido...

—Si lo hubieras sabido, ¿qué? —preguntó su marido, asustado de verdad.

—No lo sé, Robert. Adoro a nuestros hijos, no me imagino la vida sin ellos, pero...

—Debería habértelo contado todo —reconoció él, abrazándola por detrás—. Pero tenía miedo de que no quisieras casarte conmigo —añadió, dándole un beso en el cuello.

—Rob... —Alba se dejó llevar por el beso durante unos segundos—. Tú has visto cómo estaba Ewan; tenía la mirada perdida, y esos colmillos... A ti nunca te he visto así.

Robert Jura se apartó de su esposa y tardó unos segundos en responder. Unos segundos que a Ewan le parecieron horas.

—Ewan es distinto.

Vio que a su madre se le llenaban los ojos de lágrimas.

—¿Distinto?

Robert se acercó a un armario y sacó un libro. El *Diario de los guardianes*, Ewan lo vio claramente desde su escondite; su padre y su abuelo solían leerles historias de sus antepasados. Observó atónito cómo su padre dejaba el libro encima de la mesa y de la misma estantería sacaba otro volumen; uno más delgado, de piel negra, que parecía haber estado oculto en un doble fondo del mueble.

—¿Qué es eso? —preguntó Alba.

—El *Libro negro* —respondió Robert respetuoso, y con voz menos firme que de costumbre, añadió—: El *Libro negro de los guardianes*.

7

Ewan aparcó el coche y subió por la escalera hasta su apartamento; el ático de un edificio de doce plantas. Ninguno de sus vecinos solía utilizarla, y de haberlo hecho alguno, él lo habría olido. Abrió la puerta y, sin cuestionárselo, se sirvió un whisky. Un doble con cara de triple, como solía llamarlos uno de sus tíos.

Hacía años que no pensaba en esa noche en que oyó hablar a sus padres. Cinco días después del incidente del acantilado, que era como Ewan lo había catalogado en su mente, Alba, su madre, abandonó a su padre para no regresar jamás. Aunque tampoco inició nunca los trámites de divorcio.

Alicia, el ama de llaves de la mansión Jura, que era donde vivían en esa época, lo encontró hecho un ovillo junto a la escalera. La mujer le preguntó mil veces si le había sucedido algo, si se encontraba mal. Pobre Alicia, lo único que consiguió balbucear Ewan fue que no iba a convertirse en un monstruo. Ella se limitó a llevarlo hasta su dormitorio y a decirle que por supuesto que no, que era imposible que con lo bueno que era se convirtiera en un monstruo.

Ewan vació otra copa. Tenía que serenarse. Después de lo del acantilado había aprendido a dominar a la bestia; sabía cómo engañarla, cómo tenerla lo suficientemente satisfecha para que no tomara el control. No, él no ocuparía ninguna página del *Libro negro de los guardianes*.

La historia de Olaus Malenkin
Libro negro de los guardianes

Olaus Malenkin era un guerrero sin parangón, sus hazañas eran conocidas desde las frías tierras del norte hasta las cálidas costas del sur. Corría el año 800 y Olaus blandía orgulloso su espada en defensa de los pueblos más desfavorecidos. Era un guardián, igual que lo habían sido su padre y el padre de su padre. Su clan era respetado por los clanes vecinos y su esposa Elga le había dado dos hijos maravillosos: un varón que se convertiría en guardián y una niña que seguro que conseguiría poner de rodillas a todos los hombres que se cruzaran en su camino. Olaus tenía un oscuro e imponente tatuaje en el hombro izquierdo; símbolo que lo identificaba como el gran líder que era. Era una época oscura, llena de personajes hambrientos de almas, y el ejército de las sombras se estaba armando de nuevo, así que Olaus cogió a sus hombres, fieles guardianes de Alejandría, y salió a su encuentro. La batalla fue sangrienta, murieron muchos, pero al final Olaus resultó vencedor y, junto con el resto de los guardianes supervivientes, regresó orgulloso a su casa. Pero lo que vio al llegar allí lo convirtió en un monstruo.

Olaus olió la sangre de Elga a kilómetros de distancia y echó a correr como un loco. Nadie pudo detenerlo, aunque, a decir verdad, nadie lo intentó. Olaus encontró a su preciosa esposa y a sus dos hijos brutalmente asesinados. Fueron pocos los que se atrevieron a entrar en la casa, y cuenta la leyenda que los que la vieron jamás pudieron olvidar la escena.

Olaus se quedó encerrado con su familia durante días; cada vez que alguien trataba de hacerle entrar en razón, él se limitaba a mostrar los colmillos o a amenazarlo con las garras, que se negaban a desaparecer.

Semanas más tarde, cuando el hedor en el poblado era casi insopor-

table, la casa de la familia de Olaus estalló en llamas, y él montó en su caballo sin decir nada. Tenía los ojos negros, los colmillos completamente extendidos, su tatuaje parecía vibrar al ritmo del dolor que emanaba de su cuerpo, y sus garras de acero estaban más afiladas que nunca.

Después de eso, Olaus se pasó años matando y torturando a todo el que tuvo algo que ver con la muerte de su familia. No hacía distinciones; cualquiera que hubiera tenido alguna relación con la tragedia sucumbía ante él. No le importaba nada. Ni nadie. Sólo quería vengarse. Al principio, los guardianes miembros de su clan no hicieron nada; comprendían el sufrimiento que le devoraba el alma, pero cuando esa alma dejó de existir, cuando Olaus empezó a matar por placer, porque si no sentía que estaba traicionando a su familia, se vieron obligados a reaccionar.

El gran Olaus terminó decapitado por uno de sus mejores hombres, su mejor amigo. Y éste lo lloró hasta su propia muerte.

Ése fue el relato que Robert le leyó a Alba la noche en que Ewan mató con sus propias manos a cuatro animales salvajes y al guardián. Robert le contó que, según la leyenda, cada cinco generaciones nacía un guardián oscuro, alguien destinado a guiar a todos los clanes hacia su reunificación, un guardián con una fuerza descomunal y un control sobre sí mismo sin apenas límites. Pero tanta fuerza y tanto poder iban de la mano de una alma compleja, de un corazón que bien podía ser puro y noble, pero también negro y cruel.

Su hijo podía convertirse en un gran guardián, pero también en un asesino cruel e implacable, en un monstruo. Y no había forma de averiguarlo de antemano. Todo dependía de él… y de la mujer que amara.

A esa edad, a Ewan se le habían escapado varios detalles del relato de su padre, pero dos cosas le quedaron muy claras: él no iba a convertirse en ningún asesino, y jamás pondría a su hermano en la difícil situación de tener que matarlo.

Nunca supo qué pasó entre su padre y su madre aquella noche, pero a la mañana siguiente Alba se despidió de sus dos hijos con un beso y lágrimas en los ojos, y Robert se encerró en su despacho durante días. Cuando salió, parecía un vagabundo; iba sin afeitar y tenía la mirada vacía. Nunca volvió a ser el mismo y nunca, absolutamente nunca, dejó de considerar a Alba su esposa.

Por su parte, ella tampoco había tenido ninguna otra relación, no que sus hijos supieran, y cuando coincidía con Robert era más que evidente que sentía algo por él, pero siempre mantenían las distancias.

Tanto Ewan como Daniel habían tratado de que sus padres rehicieran sus vidas, o que se reconciliaran, pero todos sus esfuerzos habían sido infructuosos. En la actualidad, los hermanos Jura habían dejado de intentarlo, aunque seguían sin entender lo que había sucedido.

Ewan se levantó del sofá donde estaba sentado y se dirigió a la ventana. Allí fuera, en la ciudad, estaba Julia. ¿Cómo podía saber si ella sería la que terminaría por convertirlo en un monstruo? Y, en el caso de que no fuera así, ¿qué pasaría si se enamoraban y a Julia le sucedía lo mismo que a la esposa y a los hijos de Olaus? Entonces seguro que se volvería loco, igual que su antepasado. ¿Y si…? Había tantos «y si», y Ewan se había pasado la vida tratando de controlarlos. Tal vez debería dejar de hacerlo.

Se apartó de la ventana y fue a su dormitorio. Aún tenía

los ojos negros, los cerró y empezó a desnudarse; por suerte, todavía faltaban días para la luna llena, pensó. Con movimientos mecánicos se metió bajo la ducha. El guardián trató de rebelarse, no quería quitarse de encima el olor de Julia, pero Ewan abrió el grifo. El impacto del agua lo sacudió de la cabeza a los pies y apoyó las manos contra la pared de azulejos. Agachó la cabeza para que el chorro le golpeara la nuca y notó cómo las vértebras superiores retrocedían.

Esa parte de su anatomía parecía dispuesta a ceder, a diferencia de otra. Bajó la vista y comprobó que seguía excitado. A pesar del trayecto en coche, y de los malos recuerdos de su infancia, seguía deseándola con una intensidad que desafiaba la lógica. Pensó en ocuparse él mismo del problema, pero desechó la idea; no serviría de nada. Ewan podía hacer muchas cosas para engañar al guardián, pero ahora que había encontrado a Julia lo único que podría devolverle la paz sería estar con ella. Y no sabía si estaba dispuesto a correr el riesgo.

Cerró el agua y se quedó allí de pie durante unos minutos, respirando, recurriendo a todos los trucos que había ido aprendiendo a lo largo de los años. El aire acondicionado, que había puesto en marcha a pesar de estar en invierno, la oscuridad, dejar la mente en blanco, todo fue ayudándolo a tranquilizarse. Salió de la ducha y se puso unos calzoncillos antes de regresar al dormitorio. Sentado en el borde de la cama, cogió el Cybook que tenía en la mesilla de noche y en el que se había descargado partes del *Diario de los guardianes* y del *Libro negro de los guardianes*.

Liam Jura, su abuelo, lo había pillado años atrás leyendo a escondidas el *Libro negro*. Ewan creía que le iba a echar un sermón e imponer un castigo ejemplar, pero el patriarca se limitó a coger de la estantería el otro libro sagrado del clan y a sentarse en el sofá que había junto a la chimenea.

—¿Sabes qué, Ewan? —le dijo—. Si pretendías que nadie se enterara de tus escapadas nocturnas, deberías haber hecho menos ruido. Y si de verdad quieres saber a qué atenerte tienes que leer las dos versiones, ¿no te parece?

—No pienso convertirme en un monstruo —contestó él sin apartar la vista de las páginas que estaba leyendo.

Tenía un pequeño cuaderno al lado en el que iba tomando notas. Notas que años más tarde había pasado a su ordenador y que le sirvieron de base para su tesis doctoral.

—Por supuesto que no. —El abuelo se puso en pie—. Pero para librar cualquier batalla, uno tiene que estar bien preparado, disponer de todas las armas posibles. —Se acercó a él y dejó el *Diario de los guardianes* encima de la mesa—. Sé que lo que sucedió en el acantilado te asustó, pero no debes tener miedo. Lo que hiciste, lo hiciste para proteger a Daniel y a ti mismo. Hiciste lo correcto. Vivimos en un mundo que es mucho más oscuro de lo que parece, y llegará el día en que tendrás que tomar una gran decisión. —Se encaminó hacia la salida—. Lee la historia de Matthew Costas. Buenas noches, Ewan.

—Buenas noches, abuelo —dijo él, que no sabía muy bien qué acababa de suceder, aunque tenía la sensación de que Liam Jura le había dado permiso para seguir leyendo.

La historia de Matthew Costas
Diario de los guardianes

Matthew Costas nació en Inglaterra en el siglo XVI. *La familia Costas no pertenecía a ningún clan de guardianes, pero el padre de Matthew había muerto al salvar la vida de un guardián, y el destino, o los dioses, solían recompensar tal sacrificio.*

Matthew era el pequeño de la familia Costas y tenía ocho años cuando empezó a sentir al guardián. Asustado, acudió a pedir consejo a lord Michaelmass, el mejor amigo de su padre, y éste le explicó lo que le estaba sucediendo y lo guió a lo largo de toda la transformación. Michaelmass le enseñó a Matthew los principios de los guardianes, le explicó cómo convivir con el guardián y cómo servirle, y también le enseñó a honrar su naturaleza. Ser guardián conllevaba una gran responsabilidad y era todo un honor que lo hubieran elegido para tal misión.

Con los años, Michaelmass llegó a sentirse muy satisfecho de su pupilo, pero algo lo inquietaba. Matthew poseía una fuerza inusitada, una determinación imposible de torcer y unas convicciones de lo más firmes. Cada luna llena se volvía más poderoso; sus ojos se oscurecían cada vez más y ni su cuerpo ni su mente conocían rival.

Michaelmass recurrió a los sabios en busca de consejo, y éstos le dijeron algo muy inquietante: Matthew poseía una alma oscura. El guardián que habitaba dentro de él podía llegar a convertirse en uno de los más grandes, en una leyenda… o en un monstruo imposible de derrotar.

Michaelmass regresó abatido a su hogar, y llegó a plantearse incluso la posibilidad de asesinar a su querido aprendiz. Pero no lo hizo. No fue capaz, y siguió entrenando a Matthew con la esperanza de que llegara a convertirse en el líder bueno y respetado que él creía que podía ser.

Pasaron los años, y Matthew cumplió treinta y cinco, edad en que los guardianes dejan de envejecer si no han encontrado a la única mujer que los completa, y no se han dejado tentar por el lado oscuro de su ser que asoma de vez en cuando. Su mentor estaba tranquilo, estaba incluso convencido de que los sabios habían cometido un error, o quizá malinterpretado algo... hasta que apareció ella.

Louisa era una doncella menuda, que trabajaba en una mansión cercana a la de Michaelmass. Ella y Matthew se conocieron un día, cuando el caballo de él casi la arrolló en medio del camino y, a partir de ese instante, fueron inseparables.

A Michaelmass no le gustaba lo más mínimo; toda ella le parecía falsa, excesivamente comedida, como si estuviera representando un papel. Y así se lo dijo a Matthew una noche. Discutieron y Matthew estuvo a punto de perder el control y matar al lord con sus propias manos. Al día siguiente, el joven desapareció, y el único consuelo que le quedó a su mentor fue el hecho de que a Matthew no le había aparecido el tatuaje. Quizá se hubiera equivocado con Louisa, pero afortunadamente no era el alma gemela de su amigo.

Una semana más tarde, Michaelmass fue atacado por unos hombres vestidos de negro que trataron de cortarle la cabeza, el único modo de matar a un guardián que no envejece. En medio de la reyerta, apareció Matthew, blandiendo su espada para defenderlo y pidiéndole perdón al mismo tiempo. Después de encargarse de los asaltantes, le contó a su amigo que había descubierto la verdad sobre Louisa y que sabía que sólo lo estaba utilizando. Michaelmass se limitó a recibirlo de nuevo en su casa. Matthew había sabido encontrar el camino de regreso.

Varias lunas llenas después, una noche cualquiera, Matthew conoció a Rose, y bastó con una sonrisa de la joven para que apareciera el tatuaje y él supiera que lo que había sentido por Louisa era casi un insulto comparado con lo que le despertaba aquella chica de ojos verdes.

Rose y Matthew se casaron y, aunque su vida no siempre fue fácil, él nunca sucumbió a su lado oscuro. Terminó por convertirse en un líder respetado, un ejemplo a seguir para las generaciones venideras. Por desgracia, Rose murió antes que él, dejándolo con tres hijos, dos niños y una niña, y Matthew lloró su pérdida desolado, pero ni siquiera la muerte de su esposa, de su alma gemela, de su mitad, como él la llamaba, consiguió enturbiar su rumbo. Matthew Costas murió de viejo, y sus hijos continuaron con su legado, que todavía seguía presente en varios tratados de los guardianes.

Ewan releyó la historia de Matthew Costas antes de apagar la luz y acostarse. Su abuelo tenía razón, los dos libros de los guardianes contenían mucha información acerca de los suyos, y quizá escondido en alguna parte encontraría el modo de no sucumbir a la bestia que habitaba en su interior. Ahora, lo que tenía que hacer era descansar y recordar los motivos que lo habían llevado a aceptar el trabajo en Vivicum Lab. Ni él ni los guardianes de su clan querían encontrar más chicas muertas sin explicación aparente. Y ahora que sabía que Julia estaba de algún modo relacionada con todo ello, todavía tenía más motivos para agudizar su ingenio y sus instintos, y desmantelar los planes de los Talbot cuanto antes.

8

—Éstos resultados no son aceptables —sentenció Rufus Talbot lanzando los documentos por encima de la mesa—. Creía que eran conscientes de la importancia de todo este asunto, pero veo que me equivoqué con ustedes.

—Señor Talbot, si me lo permite —dijo uno de los científicos de bata blanca—, tan sólo son las primeras pruebas, y ya sabe que debido al robo tuvimos que repetirlas. Necesitaríamos otra muestra de sangre, de otro sujeto, para asegurarnos de la compatibilidad, señor.

—Y el espécimen que tenemos en el laboratorio empieza a mostrarse adverso —apuntó otro de los científicos.

—¡Por supuesto que empieza a mostrarse adverso! Joder, está enjaulado en un sótano. —Se levantó frustrado y se sirvió una copa sin ofrecer ninguna al resto de los ocupantes del despacho—. Dios, a veces me sorprende lo lejos que ha llegado su raza —farfulló en voz baja—. Les conseguiré otra muestra, pero olvídense de lo de obtener otro espécimen. Y espero —no hizo falta que añadiera «por su propio bien»—, que la próxima vez que nos reunamos puedan darme mejores noticias. —Regresó a su mesa y se puso a leer unos documentos, dando así el encuentro por finalizado.

Los cuatro científicos tardaron unos segundos en encontrar las fuerzas suficientes como para que sus piernas dejaran de temblar y pudieran salir de allí, pero al final lo consiguieron. Al quedarse solo, Rufus abrió el primer cajón del escritorio y sacó una jeringa para análisis.

—Es verdad eso que dicen de que si quieres algo bien hecho tienes que hacerlo tú mismo —dijo entre dientes, mientras tiraba de un extremo de la tira de caucho con la que se había rodeado el bíceps para resaltar la vena. Se sacó la dichosa muestra de sangre y después volvió a abrocharse la manga de la camisa—. Señorita Peet —llamó a su secretaria por el teléfono interno—, ¿le importaría venir un momento?

Se puso en pie y se acercó a la puerta, y cuando la señorita Peet apareció, la arrinconó contra la pared y hundió los colmillos en su cuello sin ningún preliminar, al mismo tiempo que le subía la falda y se desabrochaba los pantalones. A ella no le importó, sabía que aquello era sólo el preámbulo de un orgasmo increíble… Al terminar, Rufus le pidió a Kayla Peet que no le pasara llamadas durante un par de horas y que mandara el vial de sangre a los tarados del laboratorio. Si no encontraban pronto una fórmula estable, sus socios no iban a ser tan comprensivos como él estaba siéndolo con los científicos.

Julia se despertó a la hora de siempre, y lo primero que la sorprendió fue que esa noche no había soñado con el hombre de ojos negros, y lo segundo, que se sentía descansada. Normalmente, si su misterioso amante no la visitaba no podía dormir. Se vistió, y al elegir aquel jersey negro que le quedaba tan bien se dijo que no lo hacía con la esperanza de que a Ewan le gustara. Tomó un café y una tostada, como de costumbre, y se fue hacia el metro. Una vez en Vivicum Lab, se dirigió a su laboratorio. A pesar de la extraña despedida de Ewan el día anterior, aún sonreía como una boba, pero cuando abrió el ordenador y vio que tenía varios correos que procedían directamente del equipo de investigación que dirigía el señor Talbot en persona, dejó de hacerlo. Ni ella ni su equipo solían colaborar con los estirados científicos que trabajaban con Talbot, pero en alguna ocasión le habían preguntado su opinión sobre ciertos temas.

En el primer correo le pedían que repitiera unas pruebas que habían hecho ellos, pues querían asegurarse de que los resultados obtenidos eran correctos. En el segundo, le recordaban que el tema tenía prioridad máxima, y en el tercero y último le decían que le mandarían una muestra de sangre para que hiciera con ella ciertos análisis que enumeraban en el mismo correo. El jefe del laboratorio se despedía sin darle las gracias, exigiéndole que le entregara todo aquello lo antes posible, y diciéndole que dichas pruebas eran de carácter reservado.

Julia se puso la bata y pensó que el tipo no sólo era un maleducado sino también un histérico, pero como al parecer el señor Talbot estaba muy interesado en todo aquello, no le quedó más remedio que ponerse manos a la obra.

Habría empezado por la primera petición: repetir y revisar las pruebas ya hechas, pero en aquel preciso instante apareció Lionel, el chico de mensajería interna, y le entregó un paquete. Cuando volvió a quedarse sola lo abrió y vio que contenía el vial de sangre al que hacía referencia el tercer correo, así que decidió que ésa sería su primera tarea. Todo parecía muy urgente e importante.

Saludó a Jordan y a Lucas, sus compañeros de laboratorio, y les pidió que siguieran con lo suyo mientras ella se ocupaba de una petición del laboratorio de los cretinos —así era como los llamaban—. Jordan se rió y le dijo que ningún problema, siempre y cuando después le contara por qué se había puesto tan guapa y por qué le brillaban los ojos. Julia se sonrojó y rió para disimular; Jordan tenía un sexto sentido para detectar ese tipo de cosas.

Con el vial en la mano empezó las pruebas. Las primeras no pasaban de ser unos controles rutinarios, y Julia iba apuntando los resultados en un cuaderno para luego poder confeccionar el informe. Un par de horas más tarde, sonó la alarma de la centrifugadora y la paró para recoger otra parte de la muestra. Observó el resultado y tardó unos segundos en reaccionar. Estaba mal, tenía que estar mal. Dejó el pequeño vial a un lado, junto con la libreta, y repitió el proceso. Tendría que esperar dos horas más, pero no podía mandar aquellos datos; la despedirían por incompetente.

Aprovechó para ir a buscar un café y se quedó junto a la máquina más tiempo del necesario. Tenía una sensación extraña, un presentimiento, como diría su abuela. Regresó al laboratorio, donde volvió a sus proyectos. Casi se había olvidado de la extraña muestra de sangre cuando de nuevo sonó la alarma. Se quitó las gafas, que se ponía sólo para trabajar, y fue a abrir la centrifugadora. Arrancó el papel con los resultados y comprobó que eran idénticos a los de antes. Imposible.

Cogió los dos viales, los dos resultados y la libreta y empezó a repasar todo el procedimiento en busca de algo que explicara aquello. Nada. Que ella supiera, no había cometido ningún error, y la muestra de sangre no había estado expuesta a nada que justificara aquella reacción. Quizá había sucedido algo en el otro laboratorio, pensó, y escribió un par de líneas preguntándole al doctor Cochran qué protocolo había seguido para obtener la muestra. Supuso que así no quedaba tan patente que estaba preguntándole qué narices había hecho para que aquella sangre se hubiera estropeado. El jefe del laboratorio del señor Talbot tardó menos de dos minutos en responder; le dijo que había seguido el protocolo habitual y que él personalmente respondía del mismo.

Julia se quedó atónita mirando la pantalla. No serviría de nada que volviera a repetir las pruebas, y visto estaba que no podía pedirle al doctor Cochran que le enviara otra muestra; ni tampoco podía ofrecerse para ir a sacar una ella misma.

Colocó una gota de la sangre en una de las diminutas placas de ensayo y se acercó al microscopio, y si no lo hubiera visto con sus propios ojos no se lo habría creído: los leucocitos parecían aumentar en número por segundos y el comportamiento de las células polimorfonucleares tampoco correspondía al habitual. Según los resultados anteriores, el número de plaquetas no encajaba con el de un humano, y, sin embargo, el doctor Cochran le había dicho que la muestra pertenecía a un varón de treinta y cinco años.

Nada tenía sentido, o, mejor dicho, en el caso de que lo tuviera, ese hombre en cuestión tenía una capacidad para regenerar sangre y tejidos propia de un personaje de ciencia ficción. Casi nunca se pondría enfermo y no envejecería al ritmo normal. Y eso era imposible. Releyó los resultados por enésima vez y, cuando ya se estaba planteando llamar al servicio técnico para que se llevaran de allí la centrifugadora y el microscopio, pues sin duda debían de estar estropeados, recordó algo. De entre todos aquellos resultados había uno que desde el principio le había parecido extrañamente familiar, y en ese instante supo por qué.

Fue a buscar su bolso, que había colgado en la puerta de su despacho, y sacó el cuaderno que le había mandado Stephanie antes de morir. Allí, en medio de una página, y rodeado de otros datos incomprensibles, o que ella todavía no había descifrado, estaba el mismo número. La misma cantidad exacta. Impresionada, y también algo asustada, Julia se guardó un vial con una pequeñísima cantidad de sangre de aquella muestra en el bolsillo, y también metió una copia de los resultados dentro del cuaderno de su amiga. Escribió el informe que le había solicitado el doctor Cochran y en sus conclusiones se limitó a comentar que quizá deberían repetirse las pruebas con un nuevo equipo. Fue respetuosa en todo momento y no dejó entrever ninguna de las dudas que la asaltaban. Mandó el correo con el informe y devolvió también la muestra de sangre.

Después de cerrar el correo electrónico, se levantó de la mesa y volvió a guardar el cuaderno de Stephanie en el bolso. Se estaba planteando irse a casa y repasar allí todos aquellos datos, pero en ese preciso instante apareció Jordan con un problema y tuvo que quedarse. Por suerte, el contratiempo no fue grave, pero sí lo bastante complejo como para que se pasara el resto de la jornada ocupada y sin pensar que quizá la muerte de su amiga tuviera algo que ver con aquella muestra de sangre tan inclasificable.

Ewan llegó a su nuevo trabajo hecho polvo. Después de lo de Julia, y de leer las historias de los guardianes, le había sido imposible conciliar el sueño, a pesar de que lo intentó. Resignado, se levantó temprano y fue a correr, pero su naturaleza de guardián no era como la de los humanos, a los que el esfuerzo físico relaja, a él sólo le sirvió para darle más vitalidad.

Regresó al apartamento y repasó el dossier que su padre y su abuelo le habían mandado desde Escocia. Simon también le había enviado una información de lo más desconcertante, pero lo que más lo había inquietado del correo de su primo era que le pedía total discreción, y que mencionaba a Mara Strokes. Simon nunca era discreto, y nunca escribía el nombre de Mara en ninguna parte. Quizá creyera que Ewan, al no aceptar por completo su naturaleza, tenía los instintos atrofiados, pero ése no era el caso. Podía percibir perfectamente cómo reaccionaba Simon ante la presencia de Mara, su secretaria, confidente, ayudante… y por mucho que su primo se empeñara en negarlo, o en fingir que no se daba cuenta, cualquiera que los hubiera visto juntos sabría que entre los dos estaba sucediendo algo.

Después de lo de Naomi, su ex esposa, Ewan comprendía perfectamente que Simon no quisiera volver a arriesgarse; él mismo también había recurrido a la táctica de acostarse con mujeres que apenas lo atraían para ver si así dejaba de pensar en que en el mundo había una sólo para él. Pero una cosa era Ewan, que tenía mucha experiencia en dominar sus instintos, y otra Simon, famoso por su falta de autocontrol. Una muestra de que éste le había empezado a fallar era que hubiera mencionado a Mara en el correo.

Para no dar al traste con su coartada, a Ewan no le quedó más remedio que seguirle el juego a la encargada de personal, que le enseñó todas las instalaciones y lo acompañó durante toda la mañana para explicarle los protocolos de seguridad, las áreas que podía cruzar y las que no, y tonterías por el estilo. Se pasó el día buscando a Julia con la mirada. Tras los besos del día anterior, podía olerla perfectamente.

Después de almorzar con los miembros de su nuevo equipo, tomó posesión del que iba a ser su laboratorio y fingió que se interesaba por el último descubrimiento en el que estaban trabajando: una crema cosmética para conseguir algo completamente inútil. Pero mientras representaba el papel de bioquímico solícito, en lo único que podía pensar era en que quería quedarse solo para ver qué encontraba en la base de datos de la empresa, y para inventarse alguna excusa para ir a saludar a Julia; al fin y al cabo, ahora eran colegas, ¿no?

El doctor Cochran repasó el informe de Julia Templeton y le gustó ver que su colega era tan lista y cauta como aparentaba. Los resultados confirmaban sus teorías, y estaba impaciente por presentárselos al señor Talbot. Los primeros análisis los habían hecho en su laboratorio, pero después del robo no quería volver a correr el riesgo. La puerta de acero se abrió y salió uno de sus ayudantes.

—¿Cómo está hoy nuestro querido huésped? —le preguntó.

—Alterado, como de costumbre —respondió el joven con cara de desprecio—. Ha tratado de arrancarme un brazo. —Le enseñó la bata desgarrada para demostrárselo.

Cochran sonrió. Sí, todo estaba saliendo según lo previsto; seguro que tanto Talbot como su mentor iban a sentirse muy orgullosos de él. Y quizá le perdonarían la chapuza que cometió al dejar el cadáver de Stephanie Materson en medio de aquel callejón.

9

Dominic Prescott había nacido en Londres cuando aún moría gente de peste en plena calle y sus cadáveres eran lanzados al Támesis. Había sobrevivido a dos guerras mundiales, a distintas ofensivas militares y a cuatro amantes sanguinarias…, y sin embargo, habían conseguido capturarlo utilizando uno de los trucos más viejos del mundo. De eso ya hacía cuatro meses. Salía de su casa en dirección al hospital en el que trabajaba cuando un coche atropelló a una chica delante de él. Ni siquiera lo pensó, reaccionó y corrió a ayudarla, y cuando estaba de rodillas en medio del asfalto, dos hombres lo cogieron y lo metieron en una camioneta.

Dominic era uno de los pocos guardianes que llevaba siglos sin envejecer. Le había costado asistir a las bodas de sus amigos, y a sus funerales, pero al final había aprendido a sobrellevar la soledad y había dejado de buscar a esa mujer. A pesar de que las leyendas de los antiguos afirmaban lo contrario, él estaba convencido de que ella, en el supuesto de que hubiera llegado a existir, ya estaba muerta.

Tenía fama de gruñón y de antipático, y de tener muy poca paciencia, pero los miembros del clan Jura sabían que podían contar con él. Dominic había conocido a varios de sus líderes y siempre se había llevado bien con ellos, aunque con Ewan Jura existía una conexión especial.

En lo que se refería a su relación con los humanos, los

guardianes de Alejandría que no envejecían tenían una especie de sistema de regulación mediante el cual cambiaban de vida e identidad cada quince años, y así evitaban ser descubiertos. Pero eso también impedía que pudieran llegar a establecerse en ninguna parte.

Si era sincero consigo mismo, Dominic tenía que reconocer que prefería ese exilio autoimpuesto a lo que le sucedió al principio de su existencia; encariñarse con una persona y tener que verla morir. A lo largo de todo ese tiempo, había interpretado tantos papeles que, a menudo, cuando cerraba los ojos, no sabía quién era. Nunca había llegado a identificarse con ninguna de sus personalidades. Podía levantarse una mañana con ganas de tomar un café y otras odiando dicha bebida… incapaz de saber si de verdad le gustaba o no.

Zarandeó de nuevo los barrotes, a pesar de que sabía que no iba a servir para nada. No tenía ni idea de qué estaban hechos, pero fueran del material que fuesen, ni siquiera consiguió resquebrajarlos un poco. A lo largo de aquellos cuatro meses de cautiverio le habían sacado sangre, inyectado multitud de drogas y conectado a varias máquinas distintas. Se sentía igual que una rata de laboratorio, pero una rata rabiosa, que mataría con sus propios dientes al primero que se encontrara cuando saliera de allí. Porque iba a salir de allí, de eso estaba seguro.

Dominic había estudiado medicina unas cuantas vidas atrás —precisamente, en su identidad actual trabajaba como médico en un céntrico hospital londinense—, y, a juzgar por las pruebas que le habían hecho, y por los comentarios que había podido escuchar a través de las paredes, aquellos desgraciados estaban tratando de destilar algún tipo de droga. Los muy ignorantes no sabían que era imposible.

Dominic iba a salir de allí y luego mataría a aquellos bastardos con sus propias manos, a todos excepto a uno, al que torturaría hasta que le suplicara que acabara con él… Y lo haría por lo que le había hecho a ella.

Había tardado una eternidad en encontrarla y lo único que sabía era que la tenían prisionera igual que a él, y que estaba enferma. Y también que hacía dos semanas que se la habían llevado de allí. La había oído llorar y gemir de dolor, la había oído suplicar que la mataran; y la noche antes de que desapareciera la había oído pronunciar su nombre.

Cerró los ojos y recordó las palabras que jamás podría olvidar:

—¿Eres tú, Dominic?

—Sí —respondió él.

—Mañana ya no estaré aquí —dijo ella a media voz.

—¿Qué? ¿Cómo lo sabes? ¿Dónde estarás? —preguntó nervioso. No sabía el aspecto que tenía. Estaban encerrados en distintas celdas y, aunque las dos tenían barrotes y el uno podía oír lo que decía el otro, no había forma de que se vieran—. ¿Cómo te llamas?

—Claire —contestó, antes de tener un ataque de tos—. Sé que mañana estaré en otra parte, pero no sé dónde. Cerca del mar, creo, rodeada de un hedor extraño, y con unos pájaros peculiares.

—Claire. —Sacudió los barrotes—. ¿Qué estás diciendo?

—Siento haberte conocido así —prosiguió ella, y Dominic oyó que lloraba.

—Yo no —respondió al instante, y fue entonces cuando

se dio cuenta de que el guardián estaba completamente alerta y de que Claire lo había despertado del letargo.

—Prométeme una cosa —dijo entonces ella.

—No pienso dejar que te lleven de aquí.

—Tendrás que hacerlo. Es así como suceden las cosas.

—¿Cómo sabías quién era? —Dominic se paseó nervioso por la celda, buscando algo que hubiera podido pasársele por alto—. Me has llamado por mi nombre.

—Prométeme una cosa —repitió Claire.

—Lo que quieras.

—Prométeme que te mantendrás con vida, y que vendrás a buscarme. —Otro ataque de tos.

—Te lo prometo —le aseguró él, solemne, más asustado de lo que se veía capaz de reconocer.

—Ahora tengo que descansar —farfulló Claire, quedándose dormida al instante.

Dominic se pasó toda la noche despierto, frenético, abrumado. Hacía años, siglos incluso, que había desechado la idea de encontrar a su alma gemela, y no sabía si Claire lo era, pero sí sabía que lo que había sentido al escuchar su voz no lo había sentido nunca antes. Y que su guardián estaba descontrolado, furioso por estar encerrado y no poder hacer nada para protegerla, ansioso por vengarse en su nombre de todo el dolor que le habían infligido.

A eso de las cinco de la madrugada —había un reloj de pared en aquella especie de cámara de torturas en la que estaban encerrados—, llegaron tres tipos vestidos de negro y abrieron la celda de Claire. La oyó gritar, y llamarlo antes de desmayarse, y el guardián rugió y se lanzó con todas sus fuerzas contra los barrotes, pero lo único que consiguió fue recibir una descarga que casi lo dejó también a él inconsciente. Vio que uno de los hombres llevaba en brazos un fardo del que lo único que sobresalía por un extremo era un mechón rojo como el fuego, y Dominic se juró que saldría de aquel laboratorio con vida y que la encontraría.

En aquellas dos últimas semanas habían tratado de despertar al guardián, de dominarlo, le habían sacado sangre, drogado y golpeado. Aquellos científicos mercenarios estaban perdiendo la paciencia, y si algo sabía hacer bien Dominic era esperar. Aguardaría el momento oportuno y entonces huiría de allí llevándose consigo la vida de aquellos miserables. Oyó que alguien introducía el código electrónico para abrir la puerta, y por el tintineo dedujo que era Cochran. Con éste iba a tomarse su tiempo.

Cochran bajó al laboratorio, que estaba oculto tras un falso almacén en el segundo sótano del edificio, para ver con sus propios ojos cómo estaba el sujeto. Tenía que reconocer que cuando Rufus Talbot le contó lo que pretendía hacer, lo primero que pensó fue que se había vuelto loco, pero cuando añadió que contaban con el apoyo, y la financiación, del ejército de las sombras, supo que moriría si se negaba a colaborar. Nadie le negaba nada al señor de las sombras, y al final había resultado que colaborar con él había sido de lo más beneficioso para su cuenta bancaria.

Talbot y él se pasaron meses eligiendo al guardián que utilizarían como conejillo de Indias, y habían planeado su secuestro con esmero. Lo de encontrar a la señorita Claire

London había sido un golpe de suerte, lástima que al final hubieran tenido que trasladarla.

Cochran estaba de pie junto a la puerta, a punto de introducir el código, cuando vio venir a Kane, un ambicioso científico que trabajaba en el proyecto sin estar al tanto de lo que de verdad estaban haciendo.

—¿Ha repetido las pruebas, doctor? —le preguntó éste al acercarse.

—Sí, así es —respondió Cochran, dándole a las teclas—. Y los resultados no podrían ser mejores.

—Qué gran noticia. —Sonó la señal que indicaba que la puerta se había abierto—. Le dejo con sus cosas. ¿Se ha enterado de que ya han encontrado sustituto para la doctora Lindam? —le dijo al alejarse.

—¿Ah, sí? ¿Sabe quién es? —preguntó Cochran. La doctora Lindam estaba tan desconectada de todo, que le había resultado muy útil en más de una ocasión. Y quizá su sucesor también lo fuera.

—No lo conozco, pero se llama Ewan Barnett. —Kane siguió caminando—. Creo que antes de venir aquí era profesor en la universidad.

Cochran no había oído hablar del tal Barnett, pero supuso que sería un anodino profesor al que al final había tentado don Dinero. Cerró la puerta del laboratorio tras él y se dirigió a la celda.

Dominic estaba sentado en el banco de acero reforzado, con la cabeza apoyada contra la pared y los ojos cerrados. Aquella misma mañana le habían inyectado la droga con las últimas modificaciones, y al parecer todavía no le había hecho efecto. Cochran anotó un par de cosas en su cuaderno y revisó los resultados del test anterior. El sujeto, que era como siempre se refería a él, ni siquiera parpadeó, y como la mañana había resultado ser de lo más espléndida, decidió ir a celebrarlo.

Ewan estaba allí. Dominic tuvo que clavarse las garras en la palma de la mano para fingir que estaba dormido. Dada su reticencia a asumir su posición en el clan, eran muy pocos los que conocían su aspecto físico, y muchos menos los que sabían que de joven había utilizado el apellido de su madre, Barnett, para conseguir su título universitario. Dominic era uno de esos privilegiados, pues él y Ewan llevaban tiempo trabajando juntos en un proyecto muy personal. Y de no ser porque, debido a los malos resultados, habían decidido dejarlo durante unos meses, seguro que su amigo se habría dado cuenta de su desaparición.

Dominic no tenía ni idea de qué estaba haciendo Ewan allí, pero seguro que terminaría por atar cabos y lo ayudaría a escapar. Le había prometido a Claire que se mantendría con vida, algo que cada día le resultaba más fácil, pues al parecer su cuerpo había empezado a asimilar todas aquellas sustancias y apenas reaccionaba; y que pronto iría a buscarla. Y tenía intención de mantener ambas promesas, en especial la segunda.

Harto de seguir con aquella tontería, y convencido de que no podría burlar el sistema de seguridad informática el primer día de trabajo, Ewan les dijo a los miembros de su equipo que iba a por un café y fue en busca de Julia. Mientras recorría los pasillos, tuvo el extraño presentimiento de que notaba la presencia de otro guardián. «Quizá sea Talbot», pensó, aunque lo dudaba; sus instintos de guardián reaccionaban de un modo distinto ante un enemigo, y lo que estaba experimentando se parecía más a lo que sentía cuando veía a Daniel, o a Simon, o incluso a Dominic.

Pero era imposible que ninguno de los tres estuviera en Vivicum Lab; Simon seguía en Nueva York, Daniel estaba en Escocia, y seguro que Dominic estaría en el hospital, o de vacaciones en la casa que tenía en Islandia. Descartó la idea por completo y siguió andando hacia el laboratorio de Julia. Al llegar, dio unos golpecitos en el marco de la puerta, pero entró sin esperar respuesta.

Una chica y un chico estaban sentados en los taburetes de la primera mesa, y los dos estaban tan enfrascados en lo que hacían que no levantaron la vista.

—¿Está Julia? —preguntó Ewan.

—En su despacho —respondió la chica, señalando la puerta con un dedo.

—Gracias —dijo educado. Fue hacia allá y entró sin llamar.

—Jordan, todavía no he resuelto lo de antes. —Julia estaba de espaldas a la puerta, guardando unos papeles en un archivador—. ¿Te importaría cerrar tú? Me gustaría irme a casa y… —Se dio media vuelta y se quedó sin habla al ver a Ewan de pie en medio de su despacho—. Hola.

—Hola. —Acompañó el saludo con una sonrisa—. Tus compañeros de laboratorio me han dejado entrar —le explicó.

Julia se acercó a la mesa.

—Seguro que ni se han enterado. ¿Qué tal tu primer día?

—Bien. —No dejaban de mirarse, y ella incluso se sonrojó, pero ninguno de los dos se atrevió a mencionar el beso y las caricias del día anterior—. ¿Ya te vas?

—Sí, bueno, la verdad es que tengo que repasar unos resultados y preferiría hacerlo en mi casa. —A Julia le sorprendió darse cuenta de que tenía ganas de contarle lo que había descubierto en el cuaderno de Stephanie, así como lo de aquella muestra de sangre, pero se contuvo. A pesar de la conexión que sentía con Ewan, acababa de conocerlo, y no tenía ni idea de si él sentía algo parecido—. Tengo que mandar un par de correos y luego me iré.

—Claro. —Ahora que la tenía delante, se veía incapaz de decirle nada—. Yo tengo que regresar a mi laboratorio. —Levantó una mano y señaló hacia atrás, con el dedo índice—. No quiero que piensen que he desaparecido sin más. —Retrocedió unos pasos antes de volver a hablar—: Tal vez mañana podríamos desayunar juntos.

—Me encantaría —respondió ella al instante, y le sonrió, y creyó ver que a él se le oscurecían los ojos.

Ewan tuvo de nuevo un extraño presentimiento. Su guardián estaba inquieto, reclamando toda su atención, exigiéndole que no se alejara de ella. Estudió la situación; Julia no parecía estar en peligro. Se la veía sólo un poco cansada, y seguramente por eso quería irse a su casa. De todos modos, decidió no ignorar sus instintos y en dos zancadas se colocó frente a ella.

—Éstos son mis números de teléfono. —En un bloc de notas, apuntó sus dos móviles, el que facilitaba a todo el mundo y el que sólo conocían los miembros de su familia—. Llámame si necesitas algo, Julia. Lo que sea, ¿de acuerdo? —añadió mirándola fijamente, y no apartó los ojos hasta que ella arrancó la hoja y se la guardó en el bolsillo de los vaqueros.

10

Después de aquella extraña despedida, Julia se quedó en su despacho el tiempo necesario para mandar aquellos correos que tenía pendientes, y después cogió el bolso y salió a hablar con Jordan y Lucas, que seguían enfrascados en sus cosas.

—Jordan, ¿te importaría cerrar tú? Me gustaría irme a casa —le dijo a su ayudante.

—No, qué va. ¿Te encuentras bien? —le preguntó la chica, mirándola.

—Sí, sólo estoy algo cansada. ¿De verdad no te importa?

—Qué va a importarme.

—Gracias, eres un sol. —Y tras agradecerle el favor, se volvió y se dio de bruces con Peter Larsson.

Él la sujetó por los brazos para que no se cayera, pero el bolso de Julia se precipitó al suelo y su contenido se esparció por todas partes.

—Lo siento —se disculpó Larsson sincero—. Creía que me habías oído entrar.

Quizá el tipo le pusiera los pelos de punta, pero no era ningún maleducado.

—Te ayudaré —se ofreció, agachándose al mismo tiempo que los demás.

En cuestión de segundos, los cuatro estaban a cuatro patas en el suelo, tratando de recoger las pertenencias de Julia.

—Gracias —dijo ella cuando fueron pasándole sus cosas—. Llevo un montón de cachivaches —comentó, aceptando el cuaderno que le dio Lucas—. Esta noche haré limpieza. Lo prometo.

—¿Quería algo, doctor Larsson? —preguntó Jordan al ver que el pequeño caos estaba controlado.

—Sí, la verdad es que sí. Venía a ver si habíais terminado el informe preliminar de las pastillas para el insomnio. Mi equipo y yo estamos trabajando en los costes y podría sernos útil —explicó.

—Aquí lo tiene, doctor. —Lucas le entregó una carpeta—. Si lo prefiere, se lo envío también por correo electrónico.

—Me sería de mucha ayuda, Lucas, gracias. ¿Te vas a casa, Julia? —preguntó entonces, al ver que ésta seguía junto a la puerta, con el bolso en la mano.

—Sí. Nos vemos mañana, chicos. Adiós, Peter. —Y se fue, antes de que Larsson pudiera ofrecerse a acompañarla.

«Tiene el cuaderno de Stephanie. Tengo que avisar a Talbot. No tenemos la situación tan bajo control como creíamos», pensó. Se aseguró de que no hubiera nadie cerca antes de sacar el móvil, y en una lengua centenaria, sólo hablada antes por los esclavos y los siervos del infierno, le relató lo sucedido a su señor.

—Maldita sea.

Rufus se sirvió otra copa después de colgar. La vació y se frotó la nuca, que había empezado a tensársele. No podía permitir que sus socios se enterasen de aquello. Tenía que recuperar el cuaderno cuanto antes, y tenía que asegurarse, de una vez por todas, de que nadie más estaba al tanto de lo que de verdad sucedía en sus laboratorios. Marcó otro número.

—Julia Templeton —dijo—, encárgate de ella, y destruye ese jodido cuaderno.

Larkin —el nombre de soldado de la criatura que ya no era humana, sino un mero esclavo de las sombras— se apresuró a obedecer las órdenes de su señor. Buscó en los archivos del ordenador la fotografía y dirección de su siguiente objetivo: Julia Templeton. Salió y corrió al cobertizo donde estaban sus fieles compañeros. Esa noche lo acompañaría sólo uno de ellos, y eligió premiar a *Arrow*, el más joven de todos los cachorros. «Curioso —pensó— que estos animales puedan ser unos asesinos tan eficaces.» Como siempre, también lo acompañarían sus pistolas, y la navaja de doble filo, aunque le bastaba con sus manos para llevar a cabo el encargo. Todavía había algo de luz, y seguro que su víctima seguía despierta. Esperaría a que oscureciera y entonces saldría a cumplir su misión.

Ewan llegó a su apartamento más tarde de lo que había previsto, quería ser el último en marcharse del laboratorio para ver si conseguía averiguar algo, pero al parecer, sus ayudantes estaban más que dispuestos a hacer méritos y al final optó por irse y volver a intentarlo por la mañana a primerísima hora. Por el camino se paró a comprar algo de comida y aprovechó para llamar a su padre y contarle que el primer día de su recién estrenado trabajo en Vivicum Lab había sido infructuoso pero necesario.

También llamó a su madre, y Alba le dijo que estaba preocupada por Daniel, pues hacía varios días que no sabía nada de él y tenía un mal presentimiento. Al escuchar la palabra «presentimiento», Ewan deseó ser capaz de contarle lo de Julia, pero no lo hizo. Todavía no estaba preparado, y sabía que su madre se preocuparía y que terminaría por llamar a su padre, y en esos momentos no estaba de humor para aguantar otro discurso acerca de su destino.

Julia. Le bastó con recordarla un segundo para que se le acelerara el pulso, y otras partes de su anatomía. Se cambió de ropa y cenó algo, y estaba pensando en irse a la cama cuando, de repente, el guardián rompió todas las barreras que Ewan había construido a lo largo de casi toda su vida. Un grito desgarrador se formó en lo más profundo de su garganta pero no llegó a salir. Los ojos se le oscurecieron al instante y sus pupilas negras se convirtieron en dos faros en medio de su rostro. Se le agudizaron los sentidos, mientras las garras de acero brillaban en la oscura habitación y notaba las vértebras extendiéndose. «Julia. Julia está en peligro», fue lo último que pensó antes de salir a toda velocidad del apartamento.

Había alguien en el comedor. Estaba dormida cuando el ruido de la puerta al abrirse la despertó. Primero pensó que estaba soñando, pero algo le dijo que no. Agudizó el oído y oyó unas pisadas y la respiración acelerada de un animal, un perro quizá. Un ladrón. Había habido varios robos en la zona, y rezó para que el tipo cogiera lo que quisiese y se fuera de su casa. Había visto un montón de programas en los que la policía recomendaba no enfrentarse al delincuente, así que eso fue exactamente lo que hizo Julia, pero temblaba tanto que estaba convencida de que quien fuera podría oírla desde la otra habitación.

Los pasos iban acercándose a su puerta y el pomo empezó a girar. Iba a entrar. Un pequeño rayo de luz se coló por la apertura, y el ladrón, seguido por un perro, se detuvo a los pies de la cama. Fingió que dormía, aunque le fue imposible controlar el miedo. El intruso apoyó una rodilla en el colchón y la recorrió con la mirada, y Julia creyó oír una hoja de acero deslizarse fuera de su funda. Iba a matarla. Aquel hombre no era ningún ladrón, había ido allí con el único propósito de matarla, y Julia no quería morir. No quería morir fingiendo que no sabía lo que pasaba. Iba a volverse cuando el desconocido la agarró por el pelo y la obligó a continuar tumbada.

—Me alegro de que hayas decidido dejar de fingir. —Le recorrió el cuello con la punta de una afiladísima navaja—. Así será más divertido.

Ella levantó las manos y trató de apartar el brazo del hombre intentando respirar. La estaba asfixiando. La cabeza le daba vueltas, notaba que iba a desmayarse, y entonces oyó un estruendo, como si alguien hubiera echado al suelo la puerta de la entrada. Y un segundo más tarde, el que había estado a punto de matarla yacía tumbado en el suelo con Ewan encima.

¿Ewan? ¿Aquél era Ewan? Tenía su mismo rostro, aunque parecía mucho más fiero, y con los ojos negros. Y aquella espalda. Y… ¿eran garras lo que sobresalía entre sus nudillos? Julia no dispuso de tiempo para seguir cuestionándose su presencia, ni su aspecto físico, pues el perro, si es que podía llamarse así a aquel animal de colmillos babeantes, se abalanzó sobre ella. Para defenderse, le lanzó la lámpara de la mesilla, aunque sólo lo aturdió un poco, y cuando la fiera volvió a reaccionar, lo hizo con más rabia.

Julia cerró los ojos y se hizo un ovillo con la esperanza de salir viva de aquel encuentro, pero no llegó a sentir los dientes del animal sobre su piel. Lo que sí oyó en medio del terror fue el sonido de unos huesos rompiéndose. Despacio, y muy asustada, levantó la cabeza y vio a Ewan con el perro desnucado en brazos. Ella estaba llorando, pero tardó unos instantes en darse cuenta, y entonces se frotó los ojos.

—¿Estás bien? —le preguntó Ewan, lanzando al animal encima del cuerpo inerte del hombre que había tratado de degollarla—. ¿Te ha mordido? —insistió, levantándole la barbilla para inspeccionarle el cuello. Luego hizo lo mismo con los brazos.

—No —contestó ella con voz trémula—. Estoy bien.

Ewan se quedó mirándola, como si no terminara de creerse esa afirmación, y Julia volvió a hablar:

—De verdad.

Él se levantó de la cama, en la que apenas había estado sentado unos segundos, y se acercó de nuevo a los dos asaltantes. Se agachó e inspeccionó al hombre; creía que los esclavos habían sido prohibidos siglos atrás, y hacía muchos años que no veía a uno de aquellos perros. En realidad, pensó furioso, sólo había visto a esos animales una vez; cuando tenía siete años. Hizo unas fotografías con su móvil, se guardó unos papeles que sacó del bolsillo del esclavo de las sombras, e hizo lo mismo con el anillo que éste llevaba.

—¿Dónde está el cuarto de baño? —le preguntó a Julia, que seguía mirándolo sin reaccionar.

Ella señaló con una mano y él fue en esa dirección, para regresar segundos más tarde con la cortina de la ducha en una mano. Se arrodilló de nuevo y envolvió los cuerpos. Ahora Julia no tenía ninguna duda de que el hombre había corrido el mismo destino que su perro, y no sintió ningún tipo de remordimiento.

—Tengo que deshacerme de esta basura —dijo Ewan poniéndose en pie—. Regresaré en seguida. —Pronunciaba cada palabra despacio, sin dejar de mirarla a los ojos mientras le acariciaba una mano—. ¿Estás bien? —repitió.

Ella asintió y él le estrechó los dedos antes de apartarse.

—¿Adónde irás? —quiso saber cuando vio que él levantaba a peso los cuerpos inertes.

El aspecto de Ewan ya no le parecía tan raro, pero seguía siendo desconcertante. De otro mundo.

—No te preocupes por eso. En seguida vuelvo —le contestó—. No te muevas de aquí. Y no llames a nadie —añadió, a pesar de que sus instintos, que habían decidido tomar las riendas, le aseguraban que no iba a hacerlo.

Asomó la cabeza por la ventana del dormitorio de Julia, que por suerte daba a un pequeño parque, y, después de asegurarse de que no hubiera nadie, saltó. Si su cuerpo no siguiera poseído por la fuerza del guardián, tal vez se habría roto algo, pero el guerrero continuaba al mando, y no hubo problemas. Una vez en el suelo, corrió hacia su todoterreno, que había aparcado cerca, y colocó el fardo en el maletero.

Más tarde se desharía del todo de aquel bastardo y de su mascota, pero ahora necesitaba cerciorarse de que Julia estaba bien. No podía esperar más.

Regresó al apartamento y subió por la escalera de incendios. Hubiera podido trepar, pero tuvo el buen tino de no hacerlo; una cosa era pasar desapercibido entre las sombras de un parque, y otra que nadie se diera cuenta de que había un hombre subiendo por la pared de un edificio. Llegó al alféizar de la ventana y dio unos golpecitos antes de entrar. No quería asustar a Julia más de lo que ésta ya estaba.

—Soy yo —dijo en voz baja, y levantó la pierna para entrar.

Ella seguía sentada en la cama, con la mirada fija en la mancha de sangre que había en el suelo. Ewan había tratado de limpiarla, pero al parecer no lo había hecho tan bien como creía. A una parte de él le hubiera gustado no tener que matar a aquel soldado, pero otra, la dominada por el guardián, se sentía más que satisfecha por haber mandado al infierno al bastardo que se había atrevido a tocar a su Julia. Se sentó a su lado y le acarició la mejilla.

—Dime que estás bien —dijo.

Ella lo miró a los ojos, como si hasta aquel instante no se hubiera dado cuenta de su presencia.

—¿Ewan?

—Estoy aquí. —La abrazó y la acercó contra su pecho—. Ya ha pasado todo.

Julia se aferró a él y se quedaron así, inmóviles durante un rato. Luego, poco a poco, ella fue apartándose para mirarlo con aquellos ojos que siempre rebosaban inteligencia.

—¿Cómo sabías que…? ¿Qué has hecho con…? —Parecía incapaz de terminar ninguna de las preguntas que se agolpaban en su mente—. ¿Eran garras…? Tus ojos —dijo, mirándolo fijamente—… son negros.

Ewan no podía hablar, no porque no supiera qué decir, en realidad había pensado mil y una excusas para el caso de que aquello llegara a suceder, ni porque estuviera emocionado o sintiera un nudo en la garganta. No podía hablar porque Julia le estaba recorriendo la cara con los dedos. Le había dibujado las cejas, los pómulos, le había pasado el dorso de la mano por la incipiente barba, con el pulgar, le había acariciado el labio superior… y él se sentía tan excitado que si abría la boca sería sólo para devorarla.

Imágenes de sus dos cuerpos desnudos, enredados, gimiendo de placer, amenazaban con ahogarlo, así que se puso en pie y se acercó de nuevo hacia la ventana con el único propósito de alejarse de Julia y salvarla de sí mismo.

—El hombre que ha tratado de matarte llevaba esto en el bolsillo —le explicó. Lanzó encima de la cama el cuaderno, pero no le dijo nada del anillo, pues conocía perfectamente el significado de aquella joya—. ¿Sabes qué es?

Ella lo sujetó aturdida entre los dedos.

—Es el cuaderno que me mandó Stephanie por correo —respondió—. ¿Lo llevaba en el bolsillo?

—Sí, lo he encontrado al cachearlo antes de envolverlo con la cortina de la ducha.

—¿Iba a matarme por esto? —Pasaba las páginas, incrédula.

—Eso creo. —Sintiendo que Julia lo necesitaba, regresó a su lado—. ¿Qué hay en esta libreta? —preguntó en voz baja, cogiéndole una mano.

—No lo sé. —Suspiró—. Ya te dije que me llegó por correo unos días después de que Stephanie apareciera muerta en el callejón. Está lleno de números y anotaciones sin sentido. —Se quedó callada, pensativa.

—¿Qué?

—Ayer por la noche me acordé de una cosa. Busqué entre los e-mails que Stephanie me había mandado y encontré uno en el que me hablaba de un club llamado Rakotis. Y mira. —Le señaló el símbolo que aparecía dibujado en una de las páginas.

Ewan cogió la libreta y se la acercó. Había oído hablar del club, pero no tenía noticia de que estuviera vinculado con Rufus Talbot o su clan. Quizá no tuviera nada que ver, o tal vez se les había pasado por alto. Mejor sería que fuera a investigarlo.

—Tenía pensado ir allí una de estas noches —prosiguió Julia.

—Ni lo sueñes —sentenció él—. Tú no vas a ir a ninguna parte.

Ella se quedó estupefacta ante tal respuesta y, al parecer, eso sirvió para que reaccionara.

—¿Y quién eres tú para opinar sobre lo que yo haga o deje de hacer? Y, ahora que lo pienso, ¿quién diablos eres? —Se puso de pie de un salto y retrocedió algo asustada—. Vete de mi casa ahora mismo.

Ewan sintió como si lo hubiera abofeteado; que ella lo temiera hizo que el guardián se doblase de dolor.

—¿Qué quieres de mí? —continuó Julia—. Has aparecido de repente y.... ¡vuelves a tener los ojos verdes! ¿Quién diablos eres?

—Tranquilízate. Por favor.

—¡Que me tranquilice! Un tipo con aspecto de haber salido de *Blade* ha tratado de matarme. ¡Y ese perro! Porque eso era un perro, ¿no? Ese animal tenía los colmillos más afilados y los ojos más sanguinarios que he visto nunca. ¿Y qué me dices de ti? Sólo hace dos días que te conozco y… y… y… ¡Has llegado justo a tiempo! —Se movió nerviosa por la habitación—. ¡Vete de aquí!

—No pienso irme a ninguna parte —afirmó él. No le gustaba que ella estuviera tan nerviosa, pero era preferible al estado casi catatónico en que se había sumido después del ataque.

—¿Ah, no? —Ahora que había perdido los nervios parecía incapaz de parar—. Pues te echaré yo misma.

Estaba loca. Ewan debía de pesar cuarenta kilos más que ella, pero estaba tan furiosa que quizá conseguiría zarandearlo.

—Julia, escúchame…

—No pienso hacerlo. Ahora mismo, lo único que quiero es ducharme, meterme en la cama y convencerme de que nada de todo esto ha sucedido. —Era una actitud infantil, pero le daba absolutamente igual.

—Si quieres ducharte, dúchate, pero yo no pienso irme de aquí. Ese hombre quería matarte, por el amor de Dios. —Volvía a tener los ojos negros y las vértebras se le estaban tensando de nuevo.

—¿Y, tú, cómo sabías que él estaba aquí? —Se detuvo frente a la puerta con los brazos en jarras—. ¿Cómo sé que puedo fiarme de ti?

Ewan abrió y cerró la boca, y, acto seguido, se colocó delante de ella y la estrechó contra él. El guardián estaba harto de tanto autocontrol y tantas tonterías.

—Por esto.

La besó, si es que a aquel ataque frontal a sus sentidos podía llamársele beso. Le separó los labios con la lengua y Julia respondió con ardor y pasión inusitados. La arrinconó contra la pared y se pegó a ella para que comprendiera exactamente cuáles eran sus intenciones. Los dos movieron las caderas, y, después de recorrerle con la lengua todos y cada uno de los rincones de la boca, Ewan se apartó y le lamió la vena que le latía acelerada en el cuello.

—Ve a ducharte. Ahora —le ordenó, apretando la mandíbula—. Te esperaré aquí.

Julia obedeció, y no sólo porque estuviera aturdida por el beso, o porque nunca hubiera estado tan excitada, sino porque todos sus instintos le gritaron que podía confiar en él.

11

El agua casi le quemó la piel. Entreabrió los párpados y bajó la temperatura, y entonces vio que tenía el brazo salpicado de sangre. Derramó una cantidad generosa de jabón en el guante de crin y se frotó con vigor, eliminando cualquier resto. Había estado a punto de morir; aquel tipo habría podido degollarla en cuestión de segundos y, en el improbable caso de que hubiera sobrevivido, aquel perro sanguinario la habría rematado. Jamás en su vida había estado tan asustada, pero aun así, no podía dejar de pensar en el beso de Ewan.

Todavía no había conseguido olvidar las caricias del otro día, pero casi había logrado convencerse de que habían sido resultado de demasiadas horas sin dormir mezcladas con lo mucho que seguía echando de menos a su mejor amiga. Pero el beso, y el casi mordisco que le había dado ahora, hacía apenas unos segundos, habían sido increíbles, demoledores, ardientes, igual que los que le daba el hombre de sus sueños.

Metió la cabeza bajo el chorro y buscó a ese hombre en sus recuerdos, pero ya no era el amante misterioso y sin rostro que llevaba años visitándola, cuidándola. No, ahora tenía el rostro de Ewan, y Julia se sobresaltó y enfadó al mismo tiempo. Tenía la sensación de que, otorgándole la cara de Ewan, estaba traicionando a su visitante de ojos negros, igual que si le estuviera siendo infiel. Se enjabonó el pelo y volvió a meterse bajo el agua, buscando un modo de separar a los dos hombres; el que la había besado de verdad y el que sólo lo había hecho en sus sueños… y no pudo.

Ewan salió del dormitorio y fue a esperarla en el sofá. Cogió el cuaderno de Stephanie para ver si así conseguía no derribar la puerta del baño, cerró los ojos y trató de alejar de su mente la imagen de Julia desnuda bajo el chorro de agua, su piel húmeda… Soltó una maldición, respiró hondo y leyó la primera página. Al principio, le parecieron sólo un montón de números, pero poco a poco algunos datos fueron cobrando sentido. Si no estaba equivocado, se trataba de los resultados de un análisis de sangre, de sangre como la suya. Joder. Sangre que alguien estaba intentando alterar y manipular. No tenía sentido, Talbot debería saber mejor que nadie que la sangre de los guardianes era inalterable. A no ser que… Levantó la cabeza en el mismo instante en que Julia apareció por la puerta.

—¿Quién más sabe algo acerca de esto? —le preguntó.

—Nadie. —Se sentó en el mismo sofá que él, pero manteniendo cierta distancia—. Al menos yo no se lo he dicho a nadie, ni siquiera sé qué significa. ¿Y, tú?

—No —respondió Ewan demasiado rápido.

—Quizá no sepas todo lo que significa —afirmó ella, mirándolo a los ojos—, pero creo que sí sabes algo. Cuéntamelo. Y, ya puestos, cuéntame también por qué diablos sueño contigo desde que cumplí los diez años.

Ewan había recibido puñetazos que le habían impactado menos que aquellas palabras. Cuando ella le dijo lo del tatuaje, él consiguió convencerse de que era casualidad, o de que la había malinterpretado, pero aquel comentario no le dejaba ningún margen de duda.

—Son anotaciones sobre una analítica —contestó, obviando el otro asunto por completo—. ¿Qué hacía exactamente Stephanie en Vivicum?

—Era la farmacéutica de mi laboratorio.

—¿Y nada más?

—No, también formaba parte del equipo del doctor Cochran.

—¿El doctor Cochran? —Ewan se puso en pie.

—¿En serio vas a ignorar mi otra pregunta? —Julia también se levantó y lo siguió—. El doctor Cochran dirige el equipo que suele encargarse de los proyectos que están bajo el mando directo del señor Talbot. Mañana te lo presentaré —añadió—. Y, ahora, ¿te importaría mucho darte la vuelta y decirme por qué tengo tantas ganas de besarte a pesar de que estoy furiosa contigo?

Ewan soltó el respaldo de la silla que tenía aferrado y se volvió. Tragó saliva. El corazón iba a agujerearle el pecho. Le sudaban las palmas de las manos por el esfuerzo que estaba haciendo para evitar que las garras volvieran a mostrarse.

Julia lo estaba mirando, enfadada, preciosa, decidida a no darle tregua. Cerró los ojos, asustado, indefenso, y apretó los dientes. Notó que los colmillos de la encía superior iban creciendo por segundos, hambrientos por sentir aquel sabor que llevaban años esperando. En su desesperado intento por dominarse, estaba tan tenso que incluso temblaba, y Julia levantó una mano y la colocó justo encima de la mejilla de él. Piel contra piel y Ewan reaccionó. Atrapó su mano antes de que ella pudiera apartarla y abrió los ojos.

Se le echó encima sin rastro de la calma que lo había caracterizado durante casi los últimos treinta años de su vida y la besó. Recorrió el interior de su boca con la lengua y la levantó en brazos para estrecharla contra él. Los instintos de Julia le impidieron a ésta negarse, y le devolvió cada beso, cada ardiente caricia con una propia.

Caminó con ella en brazos, delante de él, y Julia abrió las piernas y le rodeó la cintura con ellas. Ewan tropezó, pero ni siquiera se tambaleó, y en busca de un punto de apoyo, le pegó la espalda contra la pared. Siguieron besándose hasta que ella deslizó una mano por su nuca y notó algo extraño. Era como si la vértebra superior de él se hubiese desplazado bajo sus dedos. Imposible, pero aun así le colocó la otra mano en el pecho y lo apartó. Ewan se quedó mirándola, y no se disculpó por lo sucedido; antes preferiría morir. Se quedaron en silencio y Julia aflojó las piernas y las deslizó hasta el suelo, sosteniéndole la mirada.

—Tus ojos —susurró—, ¿de qué color son?

Si ella no fuera tan lista, o si él no la respetara tanto, o si hubiera creído que podría conseguirlo, tal vez habría tratado de engañarla, pero no lo hizo. Aunque tampoco le contó toda la verdad. «Lo mejor será contárselo poco a poco», pensó.

Respiró hondo y le respondió:

—Verdes, pero en ciertas circunstancias se oscurecen hasta volverse negros.

—¿En qué circunstancias?

—¿Te importaría que nos sentáramos? —le pidió Ewan. Ya le resultaba bastante difícil confesarle parte de su naturaleza, pero se veía incapaz de hacerlo pegado a aquellos pechos que no dejaban de atraerlo.

Julia no respondió, pero lo esquivó y se dirigió hacia el sofá que habían ocupado antes.

—¿En qué circunstancias? —insistió.

—Cuando estoy nervioso —no se le ocurrió otro modo para definir el proceso de transformación a guardián—, o excitado —reconoció, aunque en realidad sólo le había pasado estando con ella—. O cuando hay luna llena —añadió en voz baja.

Ella lo había estado escuchando seria hasta que esa última frase salió de la boca de Ewan. Entonces frunció el cejo y lo fulminó con la mirada.

—¿De verdad crees que soy tan idiota? Si no quieres decirme la verdad, no me la digas, pero no insultes mi inteligencia contándome todas estas chorradas. ¿Qué será lo próximo? ¿Que te conviertes en hombre lobo? Vamos, demuéstramelo —lo retó, apartándose un poco—. ¡Oh, espera un segundo! Antes iré a por mi pistola con balas de plata.

—No soy un hombre lobo —respondió él, tratando de mantener la calma—, al menos no en el sentido tradicional.

—¡En el sentido tradicional! Mira, lo mejor será que te vayas y que nos olvidemos de todo esto. Llamaré a la policía y les diré que un ladrón se ha colado en mi piso en mitad de la noche y que ha huido por la ventana cuando me he despertado. Así tal vez me harán caso y empezarán a investigar la muerte de Stephanie.

—No puedes llamar a la policía. Y ya te he dicho que no pienso irme a ninguna parte.

Volvieron a quedarse en silencio, mirándose a los ojos. Ewan fue el primero en volver a hablar:

—El día tres de enero estabas en Roma.

—¿Cómo lo sabes? —preguntó atónita.

—Te vi llorando delante de una pastelería. —Se pasó nervioso las manos por el pelo—. Estaba en la otra acera, y me quedé mirándote.

—Lo sentí —dijo Julia—, sentí que alguien me estaba observando, pero cuando me volví no vi a nadie.

—Lo sé, me aseguré de que no pudieras verme, aunque nada me hubiera gustado más que poder acercarme a ti y consolarte. Abrazarte.

—¿Por qué? No nos conocíamos. —Se levantó del sofá otra vez—. No nos conocemos. —A pesar de que a ella también le habría gustado que Ewan hiciera eso que decía, se obligó a ser razonable, y nada de lo que le estaba contando tenía sentido.

—Hace unos días te habría dado la razón —suspiró cansado—, pero desde que te vi delante de aquel escaparate con lágrimas en los ojos, no puedo seguir negando la realidad —le explicó, aunque Julia tuvo la sensación de que estaba tratando de convencerse a sí mismo—. Sé que lo que voy a contarte te parecerá una locura.

—Inténtalo —lo desafió ella.

—Tienes razón en cuanto a Stephanie, no tuvo ningún infarto y tampoco se drogaba. Mi padre, mejor dicho, mi familia, está convencida de que Rufus Talbot está tratando de crear una nueva droga y que, antes de distribuirla por el mundo, va a probarla en Londres.

—¿Rufus Talbot? ¿El mismo Rufus Talbot que dirige Vivicum Lab? ¿Por qué iba a hacer eso? ¿Y qué pinta Stephanie en todo esto? ¿Y tú?, ¿qué pintas tú?

—La familia Talbot y la mía se conocen desde hace años, y puedo asegurarte que Rufus es capaz de casi todo. En cuanto a Stephanie, todavía no sé qué papel representa exactamente en todo esto, pero a juzgar por las notas del cuaderno, me temo que se enteró de algo que no debía, y se lo contó a la persona equivocada.

—¿Crees que Talbot ordenó asesinar a Stephanie?

—No lo sé, pero te aseguro que voy a tratar de averiguarlo.

—El hombre de esta noche, el que quería matarme... —Tragó saliva.

—No era humano, o, mejor dicho, ya no. —Ella abrió los ojos como platos y Ewan esperó unos segundos antes de continuar—: Los llamamos soldados, y en el pasado eran los esclavos del ejército de las sombras. Hacía muchos años que no veía a ninguno, creía que ya no existían. No sé si sabré explicarme, pero voy a intentarlo, así que déjame terminar antes de echarme de aquí a patadas.

»No todas las criaturas de este mundo tienen la misma cantidad de alma, hay seres muy espirituales, pero también los hay que carecen casi por completo de sentimientos, o, mejor dicho, que carecen de la capacidad de sentir nada por los demás y sólo se preocupan de sí mismos, de su propio placer. Desde el principio de los tiempos, han existido dos bandos, el bien y el mal, la luz y la oscuridad...

—¡Desde el principio de los tiempos, sólo falta que empiece a sonar la música de *La Guerra de las Galaxias*!

—Déjame seguir —le pidió él sin caer en la provocación.

—Está bien, sigue.

—Históricamente, el bando del bien siempre ha jugado

con desventaja, pues si bien es imposible decir que todo el mundo sabe lo que es la bondad, sí puedo asegurarte que cualquier criatura es capaz de actuar con maldad. Para tratar de equilibrar la balanza que, con paso lento pero firme, iba inclinándose a favor de las sombras, de la oscuridad —recitó de memoria el relato que de pequeño le contaba su abuelo—, los dioses, el destino, mandaron a un guerrero, el primer guardián de Alejandría fue como lo llamaron. Por su aspecto parecía humano, pero poseía un corazón puro y su cuerpo se transformaba en el fragor de la batalla. Al principio, estuvo solo, pero poco a poco fueron llegando más y ninguno de ellos envejeció hasta conocer a la única mujer capaz de darle hijos. —Hizo una pausa y vio que Julia lo escuchaba atenta—. Durante siglos, los guardianes consiguieron proteger al hombre de sus demonios, y también de las tentaciones del ejército de las sombras, pero no todos los guardianes opinaban igual acerca de su misión. Hubo quienes empezaron a cuestionarse la necesidad de proteger a los humanos y que fueron pasándose al bando de las sombras a cambio de poder y dinero, y de la posibilidad de disfrutar de todos los placeres oscuros con los que llevaban siglos siendo tentados. La situación se tornó insostenible y los guardianes que seguían fieles a sus principios eran cada vez menos. Después de una masacre, los dioses obligaron a los clanes de los supervivientes a firmar un pacto, un acuerdo. Lo hicieron, y los guardianes decidieron que había llegado el momento de que la raza humana librara sus propias batallas. Todos los clanes se replegaron, pero mientras unos se volcaron de lleno en su recién estrenada libertad, otros siguieron velando por los humanos.

—Es una historia muy bonita, parece el principio de una película, pero sigo sin entender qué tiene que ver conmigo, o con Stephanie, o contigo. Y ya te he dicho lo que pasaría si volvías a tomarme el pelo. —Se levantó y se dirigió hacia la mesita en la que había dejado su teléfono móvil.

—Espera un segundo. Todavía no he terminado. —Para su sorpresa, Julia le hizo caso y se dio media vuelta—. Antes me has pedido que te demostrara que lo que te he dicho es cierto. ¿Sigues queriéndolo?

Julia asintió.

—De acuerdo.

Ewan cerró los ojos y respiró hondo. Nunca había llamado al guardián por voluntad propia, pero sabía que si no hacía algo drástico, Julia, por muy atraída que se sintiera hacia él, lo echaría de allí a patadas y llamaría a la policía. Durante un instante, tuvo miedo de no conseguirlo, pero le bastó con revivir la imagen de ella con aquel asesino encima para convocarlo. Lo primero en aparecer fueron los colmillos, aunque no abrió la boca. Seguro que ya tenía los ojos negros, y notó que las garras de acero empezaban a asomar por entre sus nudillos.

—No puede ser —farfulló ella—. Es imposible.

Ewan no sabía qué podía esperar cuando abriese los ojos, pero decidió conformarse con que Julia no gritara ni se desmayara.

—¿Ahora me crees? —le preguntó, acercándose un poco, y se animó al ver que ella no retrocedía.

—Tienes colmillos, y los ojos negros —dijo atónita, y Ewan dio otro paso—. Tengo que sentarme.

Él se quedó inmóvil y la dejó volver al sofá.

—¿Esto es todo? —le preguntó, señalándolo con las manos.

—No, hay más, pero creo que por esta noche es suficiente. ¿Por qué no te acuestas? Seguro que estás muy cansada. —Se concentró y las garras volvieron a fundirse con la piel de los nudillos, y sus caninos a retroceder hasta ocultarse en las encías. Sus ojos seguían negros como la noche—. Yo me quedaré aquí, en el sofá.

Julia no dijo nada durante un rato. Ewan tenía razón en una cosa: estaba muy cansada. Quizá todo aquello fuera fruto de su imaginación y al cabo de unas horas se despertaría y se reiría al acordarse. Bajó la vista y vio los pequeños cortes que tenía en el antebrazo. No, no estaba soñando, pero se veía incapaz de procesar el alcance de lo que él le había contado. La idea de meterse en la cama y fingir durante unas horas que nada de aquello había sucedido…

—¿Y cómo sé que eres de los buenos? —le preguntó de repente.

A Ewan le hubiera gustado poder comentarle las razones de por qué lo era, aunque llevaba toda la vida luchando contra el temor que tenía de no serlo. Pero en medio de todas aquellas dudas y temores, había una cosa de la que sí estaba seguro, y eso fue lo que le respondió a Julia:

—Te aseguro que me mataría antes de hacerte daño.

Ella debió de creerlo, porque sin decir nada más se metió en su habitación y cerró la puerta.

12

Ewan se quedó mirando la puerta de la habitación de Julia. Podía echarla abajo sin ningún problema, y en menos de dos segundos estar tumbado encima de ella besándola, tocándola… Cerró los ojos y respiró hondo. Tenía que controlarse, y le bastó con pensar en la última pregunta que Julia le había hecho para serenarse. Se dio media vuelta y regresó al sofá, donde se pasó lo que quedaba de noche tratando de encontrarle sentido al cuaderno de Stephanie.

La historia de Dante Corsini
Libro negro de los guardianes

Dante Corsini estaba destinado a convertirse en un gran guardián, en el líder capaz de derrotar a las fuerzas oscuras que llevaban siglos carcomiendo el Imperio romano. Su nacimiento fue celebrado durante días, y el patriarca de la familia Corsini planificó personalmente la educación y el entrenamiento de su nieto y futuro gobernante.

Dante creció en un ambiente estricto, espartano, disciplinado y, cada noche, alguno de sus mentores le repetía que estaba destinado a algo grande. A algo histórico. En aquel mundo casi vacío de sentimientos, Dante trató de ser fiel a su destino, de no resentirse por haberle sido robados los besos de su madre, o las tardes que habría podido pasar ju-

gando con sus hermanos. Pero poco a poco esas carencias dejaron de importarle, y cuando cumplió los treinta y cinco, no recordaba haber echado nunca de menos un abrazo, ni un beso de buenas noches. A esa edad, lo único que Dante quería era ser el líder que todos los guardianes de su clan llevaban años esperando. Y fue justo entonces cuando se topó con los ojos verdes más perturbadores que hubiera podido imaginar.

Adriana era una esclava, y había jurado dedicar su vida a vengar la muerte de su familia a manos de aquellos malditos romanos. No le importaba lo que tuviera que hacer para conseguirlo; sólo se reuniría con ellos después de haber derramado la sangre de aquellos sádicos. Una tarde, mientras estaba en el patio de su señor, un hombre al que quería matar del modo más lento posible, sintió que la mirada de uno de los visitantes se posaba en ella. No se inmutó y siguió con sus quehaceres, pero la sensación la acompañó el resto de la noche.

En pocos días, Dante averiguó quién era Adriana y lo que le había acontecido en el pasado. Quiso olvidarla, pero cuanto más lo intentaba, más presente la tenía en sus pensamientos. Era imposible que el destino hubiera elegido a una mujer como Adriana para ser su compañera, su alma gemela. La joven no pertenecía a su clase, distaba mucho de tener la educación necesaria para ser una buena guía para su clan, y, probablemente, ya no era pura, algo que para Dante era indispensable, a pesar de que él no iba a ofrecerle lo mismo a su futura esposa.

Adriana, fiel a la memoria de sus seres queridos, siguió adelante con su plan y, aunque tuvo que soportar que el bastardo de su señor volviera a ponerle las manos encima, luego lo degolló igual que a un cerdo. Después, huyó en mitad de la noche y buscó refugio en el campo.

Mientras, Dante se había convertido en la cabeza visible de su clan, y gozaba del respeto de la mayoría de los guardianes, pero no de todos, pues era evidente que no poseía el temple ni la astucia que se le supo-

nían. Una noche, su abuelo fue a verlo y le dijo que no podía seguir huyendo de su destino, a lo que Dante respondió a gritos que un hombre como él no iba a conformarse con una mujer como Adriana. El patriarca lo miró con tristeza y lo dejó solo.

Al día siguiente, Dante cogió su caballo y fue en busca de Adriana. La encontró transcurridas dos puestas de sol y, sin mediar palabra, la cogió en brazos y se la llevó. Hicieron el amor durante días y él comprobó angustiado que ella había yacido con otro hombre, aunque en medio de aquel frenesí de pasión no le importó. Pasaron varias mañanas el uno en brazos del otro, y Adriana le contó lo que le había sucedido. Dante sintió rabia y una sed de venganza casi incontrolable y le suplicó que dejara el asunto en sus manos. Ella se negó. Le dijo que le había prometido a su hermana pequeña, mientras ésta moría en sus brazos, que mandaría al infierno a sus asesinos con sus propias manos, y tenía que hacerlo. Él le dijo que era una locura, una insensatez, que eso era trabajo de un hombre, y que no iba a permitírselo. Discutieron, y en medio de la discusión, Dante dijo algo tan estúpido como que Adriana iba a tener el honor de convertirse en su esposa, y que eso debería primar sobre sus planes de venganza.

Esa noche hicieron el amor, pero al amanecer ella había desaparecido.

Dante, dolido en su orgullo más que en su corazón, regresó a su casa y se juró que la olvidaría. El tatuaje que había aparecido en su brazo izquierdo confirmaba que Adriana era su alma gemela, pero él se negó a reconocerlo. Nunca trató de buscarla, y con cada día que pasaba, Dante enloquecía un poco más. Todos los ojos verdes que veía le hacían pensar en ella, y no tardó en llegar el momento en que el resto de los guardianes del clan decidieron que Dante se estaba volviendo demasiado peligroso. Sus órdenes surgían normalmente de la locura, y la desesperación impregnaba todas sus acciones.

En un intento absurdo por demostrarle al destino que se había equivocado al elegir a Adriana, Dante estuvo un tiempo acostándose con todas las damas de su clase, y la mayoría de las veces ni siquiera era capaz de excitarse. El poco placer que sentía lo obtenía cerrando los ojos e imaginándose los de Adriana. Una noche, oyó a los miembros del consejo discutir acerca de él y supo que había llegado el momento de hacer algo. Les demostraría a todos que se equivocaban, encontraría una mujer digna de su rango y ocuparía el lugar para el que había nacido. Casi consiguió engañarlos, pero una tarde llegó una carta de un clan vecino comunicándole que habían encontrado el cadáver de Adriana. Dante se puso en pie y fue a su habitación. A la mañana siguiente, estaba muerto.

Ewan se despertó de golpe, bañado en sudor. Hacía años que no soñaba con la historia de Dante Corsini, y eso que era una de las que más lo habían impactado de pequeño. El guardián del Imperio romano no consiguió luchar contra el destino, y lo único que consiguió fue volverse loco, defraudar a su gente, y terminar muerto. Ewan sabía que cuando Simon le decía que no podía negar su naturaleza, tenía en mente la trágica historia de Dante. Era reconfortante pensar que su primo no quería que a él le pasara lo mismo, pero Ewan había llegado a convencerse de que su inquietud carecía de fundamento. Hasta entonces.

Se frotó la sien y se echó el pelo hacia atrás. Ahora que conocía a Julia, y que ella estaba en peligro, no se veía capaz de dejarla sola ni de ignorar la atracción que sentían. Un momento, pensó de repente, tal vez ése era el error que había cometido Dante, quizá si nunca se hubiera acostado con

Adriana habría conseguido olvidarla y vencer al destino. «Es una idea absurda», exclamó a gritos el guardián que habitaba en su interior, pero absurda o no, Ewan estaba decidido a ponerla en práctica. Se centraría por completo en averiguar quién se escondía detrás de la muerte de Stephanie y del fallido intento de asesinato de Julia. Averiguaría qué pretendía exactamente Rufus Talbot y si había alguien más metido en todo aquello, y lo haría sin perder la calma, sin ceder totalmente al guardián y sin hacerle el amor a Julia. Sí, no sería tan difícil, pensó.

Julia salió de su dormitorio a las siete de la mañana. Iba ya vestida y arreglada para ir al trabajo y se detuvo frente a la puerta sin saber muy bien qué hacer.

—He estado pensando —dijo Ewan desde el sofá. Estaba guapísima, pero como estaba decidido a luchar contra la atracción que sentía por ella, ignoró el tirón que sintió en la entrepierna—. Es evidente que alguien de Vivicum Lab sabe que tienes el cuaderno de Stephanie, así que lo mejor es que no le cuentes a nadie lo que sucedió anoche.

—No iba a hacerlo —afirmó ella. No sólo porque nadie la creería, sino porque después de haberse pasado las últimas horas pensando en ello, había llegado a la misma conclusión que Ewan: alguien lo sabía, y ese alguien había decidido encargarle a un asesino a sueldo que la matara. Los únicos sospechosos que le venían a la cabeza eran Jordan, Lucas y Larsson. Y ninguno parecía encajar. Lucas y Jordan eran demasiado jóvenes y Larsson, aunque era despreciable, tampoco. Además, si quería averiguar la verdad sobre Ewan y toda aquella historia de los guardianes, tenía que ser cauta y lista. Y hacer caso a sus instintos.

—Me alegro. —Ewan se levantó—. Te llevaré al laboratorio en mi coche y luego iré a mi casa a cambiarme. —«Y de paso me desharé de los cadáveres»—. Procura no quedarte sola, y actúa con normalidad. Yo iré a buscarte para desayunar.

—Está bien —respondió Julia, y pensó que aquel Ewan era muy distinto al que la había besado la noche anterior contra la pared—. ¿Has averiguado algo? —preguntó, señalando el cuaderno de Stephanie.

—Sí, te lo contaré de camino.

Antes de quedarse dormido, Ewan había estado estudiando la libreta y consiguió descifrar dos cosas: muchos de aquellos datos correspondían a un análisis de sangre, y dicha sangre pertenecía a un guardián que había sobrevivido a la peste. Quedaban pocos guardianes de aquella época, y a Ewan le vino un nombre a la cabeza: Dominic.

Hacía semanas que no hablaba con su amigo, así que lo mejor sería que lo llamara cuanto antes. Dominic nunca colaboraría con Talbot, pero eso no significaba que Talbot no hubiera encontrado a otro guardián antiguo dispuesto a hacerlo, o que hubiera dado con el modo de obligar a Dominic. En circunstancias normales, Ewan habría descartado tal posibilidad, pero después de lo de la noche pasada, sus instintos le decían que la idea de que algo malo le hubiera sucedido a su amigo no era tan descabellada.

Lo llamó al móvil pero Dominic no contestó, lo que tampoco era tan raro, pues trabajaba en el hospital y a menudo le era imposible hacerlo. Ewan decidió que cuando llegara a su casa llamaría tranquilamente a su padre para contarle lo del cuaderno, y para pedirle también que mandara a alguno de sus hombres al piso de Dominic.

—La sangre de la que se extrajeron los resultados que aparecen en el cuaderno de Stephanie es de un guardián —le explicó a Julia después de maniobrar e incorporarse a la circulación—. Un guardián que sobrevivió a la peste.

Ella se quedó pensativa durante un rato, y al finalizar su debate interno dijo:

—Ayer recibí otra muestra en mi laboratorio y el doctor Cochran me pidió que realizara ciertas pruebas. Cuando vi los resultados, lo primero que pensé fue que me había equivocado, y los repetí. Salieron idénticos, así que pensé que quizá se me había estropeado el equipo, pero tampoco.

—No, no te equivocaste.

—Algunos de los resultados eran distintos a los que aparecen en el cuaderno.

Ewan apretó el volante.

—Me temía que dijeras eso. —Julia pudo ver que le temblaba un músculo de la mandíbula—. Sospecho que lo que Talbot está tratando de hacer es alterar la sangre del guardián, modificarla.

—¿Para qué?

—No lo sé, pero estoy casi seguro de que al guardián al que le están sacando sangre le están suministrando drogas.

—Creo que tienes razón. La muestra que mandaron ayer tenía unos niveles muy distintos de la que debió de analizar Stephanie.

—Tenemos que averiguar quién es ese guardián, y si está

colaborando con ellos por voluntad propia o, por el contrario, está siendo obligado.

Julia volvió a quedarse pensativa.

—Por el modo en que me llegó la muestra, yo diría que la sangre estaba recién extraída, claro que no sé si fue de manera voluntaria. —Metió la mano en el bolso y buscó el pequeño vial—. Me quedé con unas gotas. —Respiró hondo—. La verdad es que no sé muy bien qué me impulsó a hacerlo, pero pensé que no estaría de más repetir el análisis en otro laboratorio. —Ewan detuvo el coche en un semáforo y se quedó mirándola—. Tengo un amigo, un antiguo compañero de facultad, que trabaja en un pequeño laboratorio…

No pudo terminar la frase porque Ewan la besó.

—Gracias —dijo él al apartarse.

—¿Por? —preguntó ella.

Estaban abrazados, la frente de Ewan descansaba contra la de ella. Julia podía ver que él seguía con los ojos cerrados.

—Por…

El coche que tenían detrás tocó el claxon y Ewan no tuvo más remedio que ponerse en marcha. Segundos más tarde Ewan carraspeó y volvió a hablar:

—Si me das el vial, se lo mandaré a mi padre para que lo analicen en nuestros laboratorios.

—¿Tenéis unos laboratorios? —Julia levantó las manos como si no pudiera abarcar la complejidad de lo que estaba sucediendo.

—Sí. —Giró hacia la derecha—. Lamento no poder contártelo todo ahora, y lamento…

—Apretó el volante y ella vio que trataba de encontrar las palabras adecuadas.

—Ya me lo contarás —le dijo ella, y durante un instante colocó una mano encima de la de él. La apartó en seguida—. ¿De acuerdo?

—De acuerdo.

Ewan siguió conduciendo en silencio y minutos después detuvo el coche frente a la sede de Vivicum Lab.

—Recuerda lo que te he dicho, nada de quedarte sola o con gente en la que no confíes.

—De acuerdo.

—Nos vemos dentro de un rato.

—Está bien. —Cogió sus cosas y saltó del todoterreno. Al tocar el suelo, tuvo la sensación de que Ewan había tenido intención de darle un beso. Aunque, a juzgar por la mirada estoica con que la despidió, seguramente sólo habían sido imaginaciones suyas.

Quizá Ewan se hubiese pasado casi toda la vida rehuyendo su naturaleza, pero había prestado atención a los consejos de su padre y de su abuelo y sabía cómo deshacerse de un cadáver sin llamar la atención. Resuelto el tema del soldado de las sombras y de su repulsiva mascota, fue a su apartamento para cambiarse de ropa y llamó a Escocia. Le contó a su padre lo de la libreta de Stephanie y lo del ataque a Julia, pero omitió el pequeño detalle de que ésta fuera su alma gemela. No hacía falta que lo supieran.

Robert lo escuchó atento y le pidió que les mandara cuanto antes el cuaderno escaneado por correo y el vial, así ellos también podrían tratar de descifrarlo. En cuanto al tema de Dominic, mandarían a alguien al domicilio del guardián para asegurarse de que estaba bien. Robert le dijo que lo diera por hecho y le prometió que lo llamaría para contarle lo que hubieran averiguado. Él se despidió dándole las gracias y fue a ducharse. No quería llegar tarde su segundo día de trabajo, ni tampoco que Julia estuviera sola más tiempo del estrictamente necesario.

Estaba acabando de vestirse cuando le sonó el móvil, y vio el número de Mitch, su amigo policía, en la pantalla. Descolgó.

—Ewan, ¿te acuerdas de que me pediste que te llamara si volvía a encontrarme con alguna de esas misteriosas pastillas? —le soltó su amigo sin siquiera saludarlo.

—Me acuerdo. —Mitch se refería a las pastillas que habían aparecido junto al cadáver de Stephanie, pero que nunca habían llegado a la comisaría—. ¿Dónde las has encontrado?

—Junto a dos chicos de veinte años que han aparecido muertos cerca del puerto. No sé qué diablos está pasando, Ewan, pero si sabes algo de todo esto tienes que contármelo. Joder, ¿qué voy a decirles a los padres de estos chavales?

—Escucha, Mitch, ahora no puedo hablar, pero si quieres, esta noche quedamos en el bar que hay cerca de la facultad y te cuento lo poco que sé. Esos dos chicos, ¿murieron igual que Stephanie?

Hubo un silencio y al final el otro respondió:

—Ojalá. Mierda, Ewan, es como si un animal rabioso los hubiera matado a mordiscos, y lo peor es que el forense cree que las mordeduras del uno coinciden con la dentadura del otro.

—¿Y dónde estaban las pastillas?

—Uno de los chicos tenía una en un bolsillo. Me la he quedado yo, y le he dicho al forense que no pusiera nada acerca de ella en el informe. No quisiera que volviera a desaparecer.

—Gracias por llamarme —dijo él.

—Ya, bueno, todavía me acuerdo de que me salvaste la vida. A las ocho en el bar. No llegues tarde.

13

Ewan tenía veinticinco años cuando terminó la carrera y decidió alquilar un apartamento en el centro de Londres. Dado que los precios eran prohibitivos, pronto se conformó con alquilar sólo una habitación, y así fue como conoció a Mitch Buchanan; se llamaba igual que el protagonista de «Los vigilantes de la playa», algo con lo que Ewan lo atormentaba constantemente.

En aquel entonces, era un policía raso que patrullaba las calles de Londres y al que le tocaban los peores turnos, igual que Ewan, que era el profesor suplente y tenía que hacerse cargo de todas las tutorías y prácticas. A pesar de ser como la noche y el día, Mitch y Ewan se hicieron amigos en seguida, y esa amistad se transformó en algo más cuando, un verano, Mitch descubrió que su compañero de piso no era tan normal como creía.

Mitch regresaba a casa después de un turno triple, o incluso cuádruple, en el que habían arrestado a varios camellos pertenecientes a una misma red de traficantes. El joven policía había participado activamente en el caso, el primero importante en el que trabajaba, y la ilusión, junto con la falta de experiencia y el cansancio, lo llevaron a cometer un error. Un error que, de no ser por Ewan, le habría costado la vida. Mitch sabía perfectamente que tenía que ser cuidadoso, pero esa noche volvió a su piso sin tomar las precauciones necesarias, y uno de los hombres que trabajaba para el traficante al que le habían desmantelado el negocio lo siguió.

Seguramente, el tipo tenía previsto degollarlo y mandar así un mensaje a la policía, pero no le salió bien. Mitch estaba de pie frente al portal cuando el otro lo sujetó desde atrás y le puso una navaja en el cuello. Entonces, empezó a decirle que habían cometido un gravísimo error al meterse con el señor Hinestoza y que todos iban a pagar por ello. Mitch tembló y empezó a sudar, y, mentalmente, se despidió de su familia. Pero entonces, desde el balcón de su diminuto apartamento saltó Ewan y en cuestión de segundos, le quitó al tipo de encima y lo estampó contra la pared.

Mitch observó fascinado cómo de las manos de su amigo crecían unas fuertes garras de acero que Ewan manejaba como cuchillos, mientras le decía al asaltante en cuestión que se largara de allí y no volviera, y que le comunicara al tal señor Hinestoza que se olvidara por completo de Mitch Buchanan. El tipo, que sin duda era también un yonqui, salió de allí corriendo despavorido y seguramente se convenció de que quien lo había atacado había sido un hombre con unos cuchillos, y no un ser medio humano medio fantástico, capaz de saltar cuatro pisos sin romperse las piernas.

Ewan recordó esa noche y la conversación que mantuvo después con Mitch. Éste tardó unos días en asimilar que Ewan era un puto personaje de cómic, y lo bautizó con ese sambenito para vengarse de todas las veces que su amigo lo había llamado vigilante de la playa, pero después su relación volvió a la normalidad.

Ewan estaba seguro de que podía confiar en Mitch, y la verdad era que su amigo había ayudado a los guardianes en más de una ocasión. En tantas, que incluso una vez Liam Jura dijo que era una lástima que no fuera uno de ellos.

Ewan aparcó en Vivicum Lab y volvió a sonarle el teléfono, pero en esta ocasión era su padre. Descolgó al instante y lo que escuchó lo dejó helado. El piso de Dominic estaba intacto, como si llevara semanas sin pasarse por allí. Lo que más mala espina le daba a Robert, le dijo, era que una de las vecinas aseguraba haber visto días atrás a Dominic ayudando a una chica a la que habían atropellado en la calle y que en medio del caos aparecieron unos hombres que lo obligaron a subirse a una furgoneta negra. La mujer parecía tener cien años, aunque su conversación era fluida y lúcida, o eso le había parecido al guardián que Robert había mandado a investigar. Antes de despedirse, Ewan le dio a su padre los datos del hospital en el que trabajaba Dominic, y Robert no tardó ni un segundo en facilitarle dicha información a su contacto.

«Ojalá la mujer desvaríe», pensó Ewan, y entró en el trabajo.

Era una suerte que casi nadie ajeno al clan Jura supiera de su existencia, de lo contrario, no habría podido pasar desapercibido en los laboratorios de Rufus Talbot. Ewan, además de haber utilizado el apellido de su madre en la universidad, casi nunca asistía a los actos del clan, siendo su hermano Daniel la imagen visible del mismo. Después del incidente en el acantilado, Alba, su madre, le había pedido a su marido que protegiera a sus dos hijos, y que hiciera todo lo posible para que Ewan, y su posible futuro como gran líder del clan, desaparecieran del mapa. Y Robert, que siempre se desvivía por complacer al amor de su vida, así lo hizo.

Eran pocos los que sabían dónde vivía Ewan, o a qué se dedicaba, y muchos creían incluso que había muerto en extrañas circunstancias. Nadie de la familia Jura desmentía jamás los rumores, y Simon tenía una libreta en la que anotaba los más cómicos; uno de sus preferidos era el que decía que Ewan se había recluido en el Tibet y se había hecho monje.

Bromas aparte, era una suerte que su rostro no figurara en los archivos del clan Talbot y, aferrándose a eso, Ewan entró en los laboratorios decidido a resolver todo aquel asunto cuanto antes; pues, a juzgar por el tono de preocupación de Mitch, y el ataque que había sufrido Julia, no tenían demasiado tiempo que perder.

El soldado había fallado. Maldición. Si no recuperaba el cuaderno cuanto antes, seguro que sus socios se echarían atrás, y no se conformarían con que les devolviera el dinero invertido. No, los señores de las sombras negociaban con una moneda mucho más difícil de encontrar.

La droga todavía no estaba lista, y los últimos ensayos no estaban dando el resultado deseado; ellos querían crear esclavos, personas adictas y fieles, capaces de todo a cambio de obtener una dosis más. No querían convertir a los humanos en perros rabiosos que terminaran matándose a mordiscos. Eso no resultaba rentable.

Rufus Talbot recordó el día en que mantuvo su primera entrevista con lord Ezequiel, el esquivo, cruel y fascinante señor de las sombras. De pequeño, Rufus estaba convencido de que lord Ezequiel no existía, que era sólo un personaje creado por los guardianes para infundir miedo a los que osaban desafiar sus estúpidas leyes. Pero no, lord Ezequiel era muy real, tan real como podían serlo los mismos guardianes de Alejandría y las otras criaturas que cohabitaban en la Tierra junto con los humanos.

El ejército de las sombras había aparecido a la par que los guardianes, y, según la leyenda, iban a tener que enfrentarse varias veces a lo largo de los siglos hasta que el destino eligiera el momento oportuno para librar la batalla definitiva. Una única batalla con un único vencedor, y que afectaría al devenir de toda la humanidad. Cuantas más veces escuchaba la historia, más convencido estaba Rufus de que quería estar del lado de los vencedores, y éstos iban a ser sin duda los señores de las sombras.

El ejército de las sombras se alimentaba de la debilidad humana, de los vicios, de los pecados, y de eso había una cantidad inagotable. A lo largo de los siglos, los señores de las sombras habían perfeccionado sus técnicas de reclutamiento, así era como ellos las llamaban, y no sólo se habían enriquecido, sino que muchos ocupaban posiciones de poder en gobiernos y multinacionales, los verdaderos amos del mundo.

Después de la debacle entre las distintas facciones de los guardianes, varios clanes se habían aliado con el ejército de las sombras, pero hasta el momento nadie había conseguido ser aún socio de pleno derecho. Y Rufus no iba a desaprovechar la oportunidad. Cuando lord Ezequiel fue a verlo para proponerle un trato, él no dudó ni un segundo, a pesar de que sabía que su padre iba a oponerse, y aceptó encantado. Ansioso incluso. Lord Ezequiel le ofreció la posibilidad de ganar una cantidad de dinero inimaginable, y tanto poder que se excitó sólo con pensarlo, pero lo mejor de todo era que, si todo salía según lo previsto, encontrarían el modo de alterar la naturaleza de los guardianes y debilitar su famosa fuerza de voluntad y coraje.

Lord Ezequiel le contó el plan y Rufus le ofreció sus laboratorios para lo que fuera preciso, y el líder del ejército de las sombras se fue de allí con una pérfida sonrisa en los labios y diciéndole que le haría llegar instrucciones. Dos días más tarde, llegó el primer mensajero con una lista de todo lo que requerían para empezar y él se puso manos a la obra. Por desgracia, los resultados no estaban siendo tan buenos como esperaba, y sabía que la paciencia del señor de las sombras tenía un límite... Sólo esperaba no tener que ponerla a prueba.

Se suponía que el LOS tenía que ser una droga que convirtiera a los humanos en esclavos, en meras marionetas en manos del ejército de las sombras. Marionetas que éstos utilizarían según su conveniencia. En teoría, el LOS no deterioraría la salud del consumidor ni tampoco su aspecto físico, así que el humano en cuestión necesitaría consumirla toda la vida y estaría dispuesto a pagar por ella el precio que le pidieran.

La base de la droga provenía de la sangre de los guardianes, una sangre que nunca enfermaba y que era capaz de adaptarse a cualquier intrusión. Es decir, una vez consiguieran intoxicar al sujeto, éste nunca conseguiría desintoxicarse, pero tampoco se debilitaría.

Lord Ezequiel no había intentado desarrollar la fórmula

con sangre de los miembros del ejército de las sombras porque sabía que ésta estaba demasiado podrida. Por primera vez, la pureza de los guardianes podía serle útil, y el hecho de que esa pureza terminara por ser su propia destrucción le parecía de lo más irónico. Al idiota de Rufus Talbot no se lo había contado, pero lord Ezequiel estaba convencido de que una vez dieran con la fórmula exacta, la droga serviría también para convertir a los guardianes en perritos falderos, algo que llevaba siglos deseando hacer.

Ewan pasó en su laboratorio el tiempo imprescindible para no levantar sospechas y, con la excusa de tomarse un café, fue en busca de Julia. La encontró en su puesto de trabajo, y, al mirarla, sintió de nuevo la habitual punzada de deseo y desesperación que lo invadía siempre que la tenía cerca. Ella cogió el bolso y lo acompañó a una cafetería que había cerca del edificio, pero lo bastante lejos como para que no estuviera infestada de empleados de Vivicum Lab.

En la calle, él no pudo evitar colocarle una mano en la curva de la espalda, y ese pequeño roce bastó para hacer que se replantease la decisión que había tomado la noche anterior. Apartó la mano y se dijo que no podía correr el riesgo; si estaba con Julia y algo salía mal entre los dos, él podía terminar convirtiéndose en un ser cruel y despreciable, en una carga para su clan. Llegaron a la cafetería y, después de que la camarera les tomara nota, empezaron a hablar:

—¿Cómo te ha ido la mañana? —le preguntó él.

—Bien, la verdad es que no me ha sucedido nada fuera de lo habitual.

—¿Nadie te ha preguntado por anoche? —Ella negó con la cabeza—. ¿Te ha parecido que alguien te miraba de un modo extraño?

—No, todo ha sido de lo más normal —afirmó Julia.

—Mejor, pero no te confíes y sigue actuando con prudencia.

—Claro. ¿Y tú has averiguado algo del cuaderno? —No sabía muy bien por qué, pero le hubiera gustado entrelazar los dedos con los de Ewan, pero él se aferraba a la taza que acababan de servirle como si fuera un salvavidas y ella supo interpretar la indirecta.

—La sangre que utilizaron para hacer esas pruebas es de un guardián.

—¿Un hombre como tú? —Trató de disimular lo raro que le parecía todo aquello.

—No exactamente. Como te he dicho antes, el guardián al que pertenece esa sangre sobrevivió a la peste.

—Pero eso es imposible. Eso significaría que tiene más de cien años.

—Exactamente.

—Ayer mismo me pidieron que analizara otra muestra… —dijo Julia en voz baja.

—Tenemos que encontrar a ese guardián cuanto antes. —En ese momento, le sonó el móvil. Era su padre—. ¿Papá? ¿Sabes algo más sobre…? —No terminó la pregunta. Dominic llevaba semanas sin aparecer por el hospital y, como no había dado ninguna explicación ni habían conseguido ponerse en contacto con él, los de administración de personal le habían colgado la etiqueta de impresentable y habían decidido dejar de considerarlo empleado suyo—. Lo entiendo. Tiene máxima prioridad. Te llamo cuando averigüe algo. Gracias, papá.

Ewan colgó y Julia le cogió la mano. Los dos habían decidido dejar de fingir que no necesitaban tocarse.

—¿Qué ha pasado?

Él tardó unos segundos en contestar:

—Creo que sé a quién pertenece la sangre.

—¿A quién?

—A Dominic, uno de mis mejores amigos —respondió—. Ha desaparecido, y sobrevivió a la peste. He de encontrarlo. Deben de estar utilizándolo de conejillo de Indias, y no sabemos qué puede suceder si siguen inyectándole drogas. Un guardián es impredecible, incluso alguien con tanta experiencia como Dominic.

—Por el modo en que me llegó la muestra —dijo Julia, deseando poder ser de utilidad—, diría que tu amigo está encerrado en Vivicum.

—¿Dónde?

—No lo sé, y tal vez me equivoque, pero el doctor Cochran me dijo que él mismo había extraído la muestra antes de mandármela, y es imposible que pudiera hacerlo si no está en las instalaciones de Vivicum.

—El doctor Cochran —repitió Ewan—, cuando regresemos, iré a presentarme. —Buscó la cartera para pagar—. Iré a buscarte para comer.

—Como quieras —contestó Julia. No le gustaba lo más mínimo que él lo diera por sentado, pero lo veía tan preocupado por su amigo que optó por dejar esa discusión para más adelante—. Hay algo más que te quería comentar, es acerca del cuaderno…

—¿Qué pasa? —preguntó Ewan mirándola a los ojos.

—¿Te acuerdas de que te dije que no le había hablado de él a nadie?

—Me acuerdo. —Se le erizaron los pelos de la nuca.

—Pues bien, ayer por la tarde, cuando salía del laboratorio, tropecé con Peter Larsson y se me cayó el bolso al suelo. La libreta estaba dentro y salió disparada.

—¿Sólo lo vio Larsson? —Ewan había conocido al tal Peter Larsson, y no había detectado que fuera un guardián ni un soldado de las sombras, pero podía estar equivocado. O quizá, sencillamente, era un fiel empleado de Rufus Talbot.

—No, también estaban Jordan y Lucas —respondió ella—. No ha sido ninguno de ellos, pero creía que debías saberlo.

—Puede haber sido cualquiera, Julia —sentenció él, furioso por no haber dispuesto de aquella información antes—, así que prométeme que tendrás cuidado. —Levantó una mano para acariciarle la mejilla, casi como si no pudiera evitarlo.

—Está bien, te lo prometo. —Los ojos negros de Ewan tenían el poder de fascinarla, pero los verdes con que la estaba mirando ahora, podían derretirle el corazón—. Pero tú también.

Él levantó una ceja y esbozó una media sonrisa.

—Julia, tú ya has visto de lo que soy capaz —dijo, algo avergonzado, aunque el hecho de que ella se preocupase por él le hacía sentir una cálida y agradable sensación.

—Según tú, alguien de Vivicum Lab consiguió atrapar y encerrar a tu amigo Dominic, ¿no? —Vio que él asentía y continuó—: Pues no quiero que a ti te suceda lo mismo.

Así que prométeme que tendrás cuidado. Por favor. —Notó que se emocionaba, y como estaba harta de tratar de encontrarle la lógica a aquello, optó por hablarle con el corazón—: Mira, ya sé que acabamos de conocernos, y la verdad es que después de lo de anoche tengo más preguntas que respuestas, pero siento aquí dentro —se llevó una mano al pecho— que podrías llegar a ser alguien muy importante para mí, así que, por favor, procura que no te maten antes de que pueda averiguarlo.

Ewan sintió un nudo en la garganta y se obligó a contestar. Si Julia era tan valiente, él no podía ser menos, aunque el guardián le susurró que se estaba comportando como un cobarde al no contarle toda la verdad acerca de los sueños, el tatuaje, y su vida en general.

—Tendré cuidado. Lo prometo.

Julia asintió y salió de la cafetería. Ewan fue tras ella y regresaron al trabajo; y esa vez, cuando le colocó la mano en la espalda, no la quitó de allí hasta que se separaron.

De nuevo en Vivicum Lab, Ewan buscó en el directorio dónde trabajaba el doctor Cochran y fue a hacerle una visita. El hombre no estaba, y, al parecer, el resto de su equipo tampoco. Ewan habría podido abrir la puerta de acero en segundos, pero de camino hacia allí había visto las cámaras de seguridad y decidió no hacerlo. Lo que sí hizo fue interrogar a la recepcionista de aquella planta en busca de respuestas, y ella, una chica de unos veinte años, más preocupada por el esmalte de sus uñas que por su trabajo, le dijo que el equipo del doctor Cochran se había tomado la tarde libre, pero que si necesitaba algo de ellos, tal vez alguno de los auxiliares del otro laboratorio podría ayudarlo.

«¿Otro laboratorio? ¿Qué otro laboratorio?», pensó Ewan, y se lo preguntó a la muchacha. Ésta respondió que en el sótano debía de haber otro laboratorio porque, aunque no constaba en el directorio, siempre veía subir y bajar gente de allí con batas blancas. Incluso le contó que, hacía poco, uno de los científicos subió con la manga desgarrada, el muy torpe. Ewan le rió la gracia y se fue de allí como si nada, pero convencido de que aquella chica, pese a ser una cabeza hueca, le había dado una pista vital para encontrar a Dominic.

Pasó el resto de la mañana trabajando en los proyectos asignados a su laboratorio —por nada del mundo quería que lo despidieran—, y comió con Julia, aunque el almuerzo no fue tan íntimo como el desayuno, pues Jordan insistió en ir con ellos y a ninguno de los dos se le ocurrió una excusa lo suficientemente buena como para rechazar su compañía.

«Bueno —pensó Ewan con resignación al ver que tenía que compartirla—, así podré observarla de cerca.»

La tarde fue corta, y al hacerse la hora de salir, él insistió en acompañar a Julia a su casa. Ella se habría negado, pero como estaba cansada y no tenía ganas de discutir, aceptó.

En el coche, y después de asegurarse de que no los seguía nadie, Ewan inició la conversación:

—He quedado a las ocho con un amigo, se llama Mitch y es policía. Es el detective que llevó el caso de Stephanie al principio, pero después el capitán se lo asignó a otro. Él nunca ha creído que fuera una sobredosis.

—Quiero ir con vosotros —dijo Julia.

—No, podría ser peligroso.

—Stephanie era mi amiga, y el cuaderno me lo mandó a mí.

—Lo sé, y otro día me encantaría que me acompañaras, pero Mitch ha encontrado dos cadáveres más, dos chicos asesinados en extrañas circunstancias, y cree que pueden estar relacionados con el caso.

—¿Extrañas circunstancias?

—A mordiscos, igual que si los hubiera atacado un perro rabioso.

Julia tragó saliva y asintió.

—Está bien, pero cuando termines de charlar con tu amigo, quiero que vayas a mi casa y me lo cuentes todo —contestó, decidida.

—De eso también quería hablarte. —Apartó una mano del volante y le tocó el hombro, apenas un segundo, pero lo suficiente como para que los dos recordaran la fuerte atracción que sentían el uno por el otro—. Tu piso no es seguro. Todavía no sabemos quién decidió encargarle a ese asesino a sueldo que te hiciera una visita, pero sea quien sea no tardará en enterarse de que su plan no ha funcionado.

Ella palideció y, aunque no era intención de Ewan asustarla, sí quería que fuera consciente del peligro.

—Voy a llevarte a mi casa —continuó—, allí estarás segura. Nadie sospecha de mí, y, como acabamos de conocernos, tampoco se imaginarán que te hayas venido a vivir conmigo. —Se sonrojó al pronunciar esas palabras—. No digo que tengas que hacerlo, sólo digo que en mi apartamento estarás más segura. —Carraspeó—. Cuando deje a Mitch, iré a buscarte y juntos podemos pasar por tu casa a buscar tus cosas. Seguro que sólo serán unos días, y tengo cuarto de invitados. Daniel dice que la cama es muy cómoda y…

—¿Quién es Daniel? —lo interrumpió ella, a pesar de que le gustaba ver que se había puesto nervioso. Era halagador que un hombre como él se hiciera un lío al hablar de esos temas.

Ewan tardó en reaccionar.

—Daniel es mi hermano.

—¿Tienes hermanos?

—Sólo a Daniel. Y me sobra.

Julia sonrió y luego añadió:

—Lo de mudarme a tu piso no me parece mala idea, al menos hasta que esto termine.

«Hasta que esto termine»… ya veremos, susurró el guardián en la mente de Ewan, y esta vez él no lo hizo callar.

Condujo el resto del trayecto con más brío que antes y no tardó en llegar al aparcamiento que había bajo su edificio. Acompañó a Julia arriba, le dio un juego de llaves y le enseñó a conectar la sofisticada alarma que le había instalado Daniel. Cuando ella se quedó mirando el juego de más, Ewan se explicó:

—Lo tengo para cuando vienen mis padres. —No quería que ella creyera que aquellas llaves habían pertenecido antes a otra mujer, y no se cuestionó el motivo.

También le enseñó el resto del piso, los muebles nuevos del salón, y la cocina. Y le dijo que se sintiera como en su casa. Se despidió y se encaminó a la puerta, recordándole que introdujese el código de seguridad cuando él se fuera. Tenía el picaporte entre los dedos cuando se detuvo al oír que Julia pronunciaba su nombre.

—Ewan, ve con cuidado —repitió, acercándose a él—. Por favor.

—Está bien. —Ella lo estaba mirando y él se había quedado petrificado, y no pudo dar ni un paso más hasta que Julia se puso de puntillas y le dio un ligero beso en los labios—. Estaré aquí, repasaré el cuaderno a ver si encuentro alguna otra pista —le dijo, antes de darse media vuelta para regresar al sofá.

Ewan no abandonó el apartamento hasta que ella se sentó y bajó la vista hacia las notas de su amiga.

14

—Llegas tarde —fue lo primero que le dijo Mitch al verlo—. Y eso no es nada típico de ti. Ya iba a llamar a la caballería. —Le dio una cariñosa palmada en la espalda—. ¿Dónde estabas?

—Lo siento. —Ewan se quitó la chaqueta y le hizo señas al camarero para que le trajera una cerveza como la que Mitch tenía a medias—. He tenido un día complicado.

—Y se acerca la luna llena —añadió su amigo.

«Mierda.» Ewan casi se había olvidado de eso. «Joder.» Dio un trago a la cerveza que acababan de traerle. Había sido una locura pedirle a Julia que se instalara en su casa. «¿Pedírselo? Se lo has ordenado.» Y una cosa era tratar de resistirse a ella estando en plena posesión de sus facultades, más o menos, y otra muy distinta hacerlo durante el plenilunio. «Joder.» Respiró hondo y trató de ver el lado positivo. No lo encontró.

—¿Estás bien, Ewan, te pasa algo? —La pregunta de Mitch lo hizo volver a la realidad.

—No, lo siento. Tengo muchas cosas en la cabeza.

—De acuerdo —contestó el otro sin terminar de creerle—. ¿Empiezas tú?

—No, tú primero. —Levantó la botella para invitarlo a hacerlo.

—Veo que sigues en plan hombre lobo misterioso —se burló Mitch.

—Y a ti el moreno sigue sentándote fatal, vigilante de la playa. Vamos, empieza.

—Esta mañana, una vagabunda ha encontrado los cadáveres de esos dos chicos que te he dicho antes. No me habría tocado ir a mí, pero en la declaración de la mujer decía que había visto a una criatura mitad lobo mitad hombre alejándose de los cuerpos sin vida. Tranquilo, ya le he dicho al agente que la atendió que no le hiciera caso, pero como te imaginarás, he ido personalmente al escenario del crimen para cerciorarme de si había algo de cierto.

—Gracias —dijo Ewan, sincero. Siempre había confiado en Mitch, pero eso no significaba que diera por hecho que contaba con su apoyo y su discreción.

—No hay de qué. Ewan, lo que he visto allí —cerró los ojos—, no lo había visto nunca. Era como si se hubieran vuelto locos. Había sangre por todas partes y las mordeduras... Dios, había varias que llegaban hasta el hueso; la piel y los músculos estaban desgarrados. El ayudante de la forense ha vomitado, y créeme si te digo que ese hombre está curado de espanto, y la forense me ha dicho que los dos cuerpos tenían marcas de dos mandíbulas distintas, las suyas y las de una tercera «persona» —hizo el signo de comillas con los dedos—, que todavía no hemos conseguido identificar.

—¿Y la pastilla del LOS?

—Estaba en el bolsillo de uno de los chicos, Christopher, si no recuerdo mal. Mierda, Ewan, cómo voy a decirles a sus padres que la última vez que los vieron con vida iban a salir por ahí de marcha y que han terminado muertos a mordiscos en el muelle de Londres. No tiene sentido. —Mitch vació la cerveza y pidió al camarero que trajera dos más.

—¿Iban a salir de marcha?

—Sí, según la madre de uno de ellos, habían conseguido entradas para…

—Rakotis —Al ver que su amigo lo miraba sorprendido, procedió a explicarle cómo había llegado a esa conclusión—. Stephanie Materson le mandó un cuaderno con notas a su mejor amiga antes de morir, y en él aparece varias veces el logotipo del club. Y, según Julia, Stephanie fue allí con anterioridad con una especie de novio.

—Julia. ¿Julia Templeton? —Mitch bebió un poco—. Creo que tienes que contarme muchas cosas, Lobezno.

—No me llames así. —Ewan lo fulminó con la mirada.

Su amigo levantó las manos pidiendo tregua.

—Perdona, no he podido resistirme, creo que es la primera vez que veo que te sonrojas al hablar de una mujer.

—¿Te acuerdas de mi primo Simon? —Al ver que Mitch asentía, continuó—: Me reuní con él en Roma pasado el Año Nuevo y me dijo que tanto en Praga como en Alemania había oído hablar del LOS. En ambos lugares hubo un par de extrañas muertes que en seguida desaparecieron de los periódicos. Mi padre y mi abuelo, y también Simon, creen que Rufus Talbot tiene algo que ver con todas ellas.

—¿Rufus Talbot, el propietario de Vivicum Lab y uno de los hombres más ricos de toda Inglaterra? Joder, Ewan, tú siempre poniéndomelo todo fácil.

—Ayer empecé a trabajar para sus laboratorios, pero todavía no he encontrado nada definitivo.

—¿Y qué me dices de Julia? Ella también trabaja allí, ¿no? Lo sé porque hablamos con ella cuando murió Stephanie, puedes guardar las uñas.

—Sí, Julia trabaja allí, y ayer por la noche un asesino a sueldo se coló en su casa para matarla.

—¡Y no llamó a la policía! Mierda, Ewan.

—No llamó a la policía porque yo le pedí que no lo hiciera.

—¿Por qué si puede saberse?

—Porque el asesino no hubiera encajado del todo en vuestro depósito de cadáveres.

Mitch se lo quedó mirando a los ojos y soltó una retahíla de tacos.

—¿Estás bien? —le preguntó luego, algo más sereno—. Deberías haberme llamado, ya sabes que puedes contar conmigo.

—Lo sé —contestó Ewan—, pero no quería meterte en todo esto. Tengo el presentimiento de que este asunto va más allá de una mera nueva droga de diseño o de las ansias de poder de Rufus Talbot.

—No te hagas el maldito héroe y desembucha, vamos.

Ewan le contó lo que creía que estaba sucediendo en Vivicum Lab y lo relativo a la desaparición de Dominic, al que Mitch también conocía.

—Si Talbot se ha atrevido a secuestrar a Dominic es que está más loco de lo que pensaba. Dominic puede ser un auténtico hijo de puta.

—Sí, pero si lo están drogando…

—Tranquilo, seguro que lo encontraremos. Lo primero que voy a hacer es pedirle a dos de mis mejores hombres que se acerquen a tu apartamento y vigilen que no entre nadie. No queremos que le suceda nada a tu preciosa Julia, ¿no?

—Gracias.

—No me las des, cuando todo esto termine, quiero que me invites a cenar a tu casa y que me la presentes como es debido. —No le dio tiempo a protestar—. Luego, iré a cambiarme, y tú deberías hacer lo mismo.

—¿Por qué?

—Porque esta noche vamos a salir, igual que en los viejos tiempos.

Como era de esperar, a Julia no le hizo ninguna gracia que Ewan fuera a Rakotis sin ella, ni tampoco enterarse de que tenía a dos policías plantados en la puerta de la calle, vigilándola; pero al final él terminó por convencerla, diciéndole que le sería más útil repasando las notas de Stephanie en busca de algo que pudiera conducirlos hasta Dominic.

Ewan se puso unos pantalones negros y un jersey de cuello vuelto del mismo color, que conjuntó con unos cómodos zapatos italianos, y cuando Julia lo vio, sintió que la boca se le hacía agua. Ella, que nunca se fijaba en los hombres, se había quedado hipnotizada con su imagen. Era el vivo reflejo del amante que la visitaba en sueños, pero al mismo tiempo era real, y eso lo hacía aún más atractivo e irresistible. Julia no tenía experiencia con los hombres, al menos no con uno de carne y hueso, pero sabía que Ewan se sentía atraído por ella, igual que sabía que no tenía intención de hacer nada al respecto. Lo que le faltaba averiguar era el porqué, y tal vez quedándose sola en su casa lo comprendería mejor.

—Éste es el teléfono de mi padre —le dijo él antes de

irse, dándole el papel donde lo había anotado—. Si sucediera algo…

—¿Qué va a suceder? —preguntó alarmada.

—Nada, pero prefiero que lo tengas. Abajo están los dos policías. Mitch me ha asegurado que son de su absoluta confianza, así que puedes estar tranquila.

—Ya te he dicho antes que no necesito niñera.

—Y yo te he dicho que no van a irse de aquí hasta que sepamos quién diablos ha tratado de matarte.

—Sigue sin gustarme la idea de que vayas solo a Rakotis.

—Todavía no sabemos qué papel representa el club en todo esto, pero lo que sí sabemos es que Talbot, o alguno de sus secuaces, sabe que tienes el cuaderno. En cambio, desconocen que yo también estoy al tanto, y si nos ven juntos perderemos esa ventaja.

—Está bien —reconoció ella a regañadientes.

Ewan asintió con la cabeza y la miró a los ojos. Julia le devolvió la mirada y le dijo:

—Pareces cansado, quizá sería mejor que lo dejaras para mañana.

—No, tengo que resolver esto cuanto antes.

Apretó los puños. Después de haber estado con Mitch, todavía le costaba más resistirse a ella. Y verla en su casa, como si aquél fuera su lugar, no lo ayudaba demasiado.

Julia no se tomó demasiado bien el comentario; si tanta prisa tenía por deshacerse de ella no debería haberla encerrado en su casa. Nadie se lo había pedido. Ese comentario de él tuvo el mismo efecto que una jarra de agua fría, y Julia supo que si quería salir de aquella situación con el corazón intacto más le valía no encariñarse con Ewan porque era evidente que a él no le estaba pasando lo mismo, y que nunca había soñado con ella.

—Bueno, cruzaré los dedos para que esta noche averigües algo. Yo tampoco quiero alargar esta situación más de lo necesario.

Ewan retrocedió y, durante unos instantes, a Julia le pareció que los ojos se le convertían en ébano, pero si así fue, el efecto duró sólo un momento.

—Comprendo —contestó él a modo de despedida, y abandonó el apartamento.

Mitch lo estaba esperando junto a la pareja de policías. Iba vestido de paisano, pero cualquiera que lo conociera se daría cuenta de que estaba completamente alerta. Era un gran detective, el mejor de su promoción, a pesar de que él se empeñara en negarlo. El clan Jura al completo sentía un gran aprecio por Mitch, y era uno de los pocos humanos que gozaba de su total confianza.

Fueron a Rakotis en el coche de Ewan y, gracias a uno de los contactos de Mitch, en menos de treinta segundos estuvieron dentro. Ewan no salía demasiado, y cuando lo hacía no era a locales de ese estilo. Él prefería pedir una cerveza a tener que devanarse los sesos para elegir una bebida. En los pubs, uno podía charlar con sus amigos y relajarse, mientras que Rakotis era una mezcla de escaparate, en el que sus clientes iban a anunciarse, y bufet libre de todos los vicios imaginables.

Nada era demasiado obvio, pero tanto Ewan como Mitch se dieron cuenta de que allí bastaría con pedirlo y enseñar la cartera, para que cualquiera de aquellos estupendísimos camareros o camareras les recitara la lista de drogas o de «servicios especiales» que tenían disponibles. El problema era que, aunque los dos creyeran que aquello era depravado, no parecía estar relacionado con Stephanie ni con el LOS, o eso era lo que pensaban hasta que vieron aparecer a Rufus Talbot junto con tres hombres de aspecto bastante siniestro y una mujer con cuerpo de amazona y cara de pocos amigos.

—Tú quédate aquí —le dijo Mitch, dirigiéndose hacia el quinteto.

Ewan observó cómo su amigo se hacía el borracho para tropezar justo delante de Talbot y poder inspeccionar de cerca a sus invitados, atreviéndose incluso a poner un localizador en el hombro de uno cuando de mala gana lo ayudó a levantarse. Diez minutos más tarde, tiempo que pasó oculto en el baño, fingiendo vomitar, Mitch fue en busca de Ewan.

—¿Sabes quiénes son? —le preguntó éste.

—No los había visto en mi vida, no parecen de por aquí.

Talbot y sus amigos estaban sentados en uno de los reservados del local, una especie de palcos que colgaban del techo. Tenían el suelo de cristal y sus ocupantes podían inspeccionar a los bailarines de la pista como si fueran ratas de laboratorio. Para mantener su tapadera, Ewan y Mitch se quedaron un rato en la barra tomando una copa. Éste habló con un par de chicas y Ewan no apartó la mirada de su bebida excepto para vigilar a Talbot.

Simona Babrica se pasó la lengua por los colmillos de arriba. Aquellos dos tipos eran de lo más atractivo, en especial el humano, y el modo en que estaban disimulando era sencillamente encantador. El que iba vestido de negro pertenecía al reino de lo sobrenatural, quizá fuera un guardián, o tal vez alguna otra criatura imposible de clasificar, igual que ella. Recorrió con la mirada la espalda del humano; estaba hablando con una mujer, una conejita Playboy que seguro que no tenía ni dos neuronas útiles en el cerebro, y Simona notó que le crecían las garras.

Tenía las garras retráctiles de los guardianes, aunque éstos siempre eran hombres, así que ella era una aberración, a pesar de que todavía recordaba a su madre diciéndole que era una princesa. Sintió un escalofrío y apartó el recuerdo, de eso hacía muchos años, y ya iba siendo hora de que lo olvidara. El ejército de las sombras le había ofrecido un hogar y allí había conocido a otras criaturas como ella, así que lo mejor que podía hacer era prestar atención y cumplir con su misión. Lord Ezequiel le había dicho que protegiera al tal Talbot y a aquellos tres hombres y, aunque a Simona le hubiera gustado responderle que no era una jodida niñera, obedeció sin rechistar.

Y allí estaba, en medio de un estúpido club nocturno que se las daba de lugar interesante, completamente fascinada por un hombre que, en el improbable caso de que ella se atreviera a hablarle, ni siquiera le devolvería el saludo. O tal vez la miraría —Simona no era modesta y sabía que tenía un cuerpo espectacular—, quizá incluso se plantease la posibilidad de acostarse con ella, pero era imposible que quisiera algo más, algo con sentimientos.

—Babrica —la llamó Talbot—, mis invitados van a buscar un pequeño obsequio. ¿Quiere acompañarlos?

Simona estudió la situación, los tres emisarios que había mandado lord Ezequiel para hablar y negociar con Talbot eran perfectamente capaces de salir airosos de cualquier contratiempo, en cambio este último había demostrado en más de una ocasión que no.

—Me quedaré con usted.

Talbot asintió y le ofreció una copa. Ella la aceptó y se sentó en una de las sillas que habían quedado disponibles, pero en cuanto a la bebida ni siquiera la probó. El alcohol no le sentaba bien.

Los tres emisarios no eran más que soldados que, con los años, y a base de demostrar su falta de escrúpulos y fidelidad al señor de las sombras, habían ganado galones. Lord Ezequiel los había mandado allí esa noche para recordarle a Rufus Talbot que esperaba que su inversión diera resultados cuanto antes, y que estaba harto de ir recogiendo los cadáveres que su torpeza iba dejando repartidos por todo Londres.

A lord Ezequiel, nada le hubiera gustado más que poder estrangular a Talbot con sus propias manos y hundir los colmillos en su yugular hasta dejarlo seco, pero el joven y ambicioso guardián iba a resultarle muy útil, aunque no del modo que él creía.

Los emisarios tenían instrucciones de entregarle un pequeño maletín con las nuevas drogas que quería que se probasen, seguro que una de ellas terminaría por destruir la mente del guardián que tenían preso. Había elegido Rakotis para hacer la entrega, pues el local era de su propiedad, aunque nadie conseguiría demostrarlo nunca, y le traía buenos recuerdos… Era una auténtica lástima que lo de esa humana, Stephanie, no hubiera salido bien. Era espectacular en la cama, a pesar de sus limitaciones.

—Mitch, tenemos que irnos. —Ewan le hizo un gesto con la cabeza y le indicó que los tres tipos estaban escabulléndose por una puerta oculta detrás de unas cortinas.

Su amigo asintió y fueron tras ellos. Ewan llegó a la puerta justo a tiempo de evitar que se cerrara y los siguieron por un oscuro pasillo. Las paredes retumbaban a causa de la música que sonaba en la sala, y el lugar tenía un olor extraño, químico. La música ocultaba sus pisadas, y Ewan aguzó el oído en busca de alguna pista. También sacó sus garras, que tenían ya su máxima extensión, listo para actuar. Mitch había desenfundado su pistola. Los dos presentían que algo estaba a punto de suceder. Al fondo vieron un rayo de luz colándose por la rendija de otra puerta, la salida al exterior, y se dirigieron hacia allí. Fuera se hallaban los tres tipos: dos estaban de pie charlando, y el tercero estaba cerrando el maletero de un coche y llevaba un maletín en la mano.

Mitch y Ewan se miraron: tenían que hacerse con ese maletín. Siguieron inmóviles durante unos segundos, y cuando Mitch estuvo seguro de que Ewan lo había comprendido, guardó el arma y salió a trompicones de su escondite, fingiéndose de nuevo borracho.

—¡Hombre! Menos mal —farfulló al aparecer en el callejón—. Ya creía que me había perdido.

Los tres hombres se quedaron mirándolo y dos se llevaron la mano al interior de la americana, aunque ante el gesto del tercero no llegaron a desenfundar. Mitch siguió con su representación y, balanceándose, se acercó al que llevaba el maletín y se abrazó a él.

—Lo siento. Lo siento —dijo—. Mi mujer me ha dejado hoy, sabes de lo que hablo, ¿no, amigo?

Ewan observó cómo Mitch trataba de atrapar el asa del dichoso maletín, y estaba a punto de lograrlo cuando unas pisadas resonaron por el pasillo y, en cuestión de segundos, estalló un infierno.

Simona se había quedado con Talbot, pero cuando vio que los tres emisarios tardaban más de lo previsto en regresar, y que el humano y el guardián a los que había estado observando habían desaparecido, se puso de pie de un salto. Lord Ezequiel la mataría si algo salía mal. Escudriñó con la mirada el local y no encontró ni rastro de los emisarios ni de los otros dos, así que, después de ordenarle a Talbot que se quedara exactamente donde estaba, fue corriendo hacia el callejón.

Mitch ya tenía el asa entre los dedos, ahora sólo tenía que tirar…

—Yo que tú no haría eso, amigo —dijo uno de los hombres, apuntándolo con una pistola.

Mierda, era imposible que Mitch consiguiera sacar su arma a tiempo. Puso cara de inocente, eso sí, sin soltar el maletín.

—Tranquilo, no pasa nada —le dijo al que lo apuntaba, pero mirando al lugar donde Ewan seguía escondido.

—Suelta el maletín. —El segundo también desenfundó.

Mitch tiró entonces del asa y lanzó al tercer hombre al

suelo. Los otros dos dispararon al unísono y Ewan se colocó delante de su amigo sin dudarlo. Una bala le dio en el pecho y otra en el hombro, pero se mantuvo en pie y consiguió eliminar a uno de los dos esbirros. Por su parte, Mitch sacó su arma y también se encargó de uno.

Eso les daba ventaja, pensó Mitch, que observó atónito cómo Ewan empezaba a desangrarse. Imposible, según le había contado él mismo, los guardianes sólo se volvían mortales cuando… ¡Mierda! Julia, seguro que Julia era la mujer de Ewan y el muy idiota no se lo había dicho a nadie. Buscó con la vista al tercer hombre y, cuando vio que éste por fin había conseguido hacerse con una arma, le disparó. Sin sentir ningún remordimiento, se levantó del asfalto y se acercó a Ewan. Tenía que llevárselo de allí cuanto antes, y tenía que…

—Suelta ese maletín —dijo una voz a su espalda.

Mitch rodeó a Ewan por la cintura y lo pegó a él para ayudarlo a caminar. La propietaria de aquella voz habría podido dispararles, pero no lo hizo, y eso le llamó la atención. Se dio media vuelta despacio y se topó con la mujer más guapa que había visto nunca. Y con una mirada más dulce que el café con leche que se tomaba cada mañana.

—No voy a soltarlo —dijo—. Dispárame si quieres —la desafió, con los ojos fijos en los suyos.

Simona y Mitch se quedaron fascinados el uno con el otro, y de no ser porque un casi imperceptible gemido de dolor escapó de los labios de Ewan, habrían podido seguir así durante horas.

—No vas a dispararme —constató Mitch, incrédulo y en voz baja.

Simona bajó el arma y farfulló.

—Marchaos de aquí antes de que me arrepienta.

Mitch cargó con Ewan hasta el coche y lo sentó en el asiento del acompañante. Le abrochó el cinturón y, tras hacerse con las llaves, se sentó al volante y se alejó de Rakotis como alma que lleva el diablo. ¿Quién era aquella mujer? ¿Por qué los había dejado escapar? ¿Y por qué diablos su mejor amigo no le había dicho que ya no era tan inmortal como antes?

¿Por qué los había dejado escapar? Simona no podía dejar de hacerse esa misma pregunta mientras regresaba al interior del local en busca de Talbot. Lo encontró en el mismo sitio donde lo había dejado, pero acompañado de cuatro féminas que sin duda estaban al tanto de los ceros que tenía su cuenta corriente, aunque había que reconocer que el tal Talbot era también muy atractivo. Pero no tanto como el humano. Sintió de nuevo un escalofrío y se dijo que no era por eso por lo que le había dejado huir.

—Vámonos —le dijo a Talbot—. Tenemos que salir de aquí.

—¿Y los emisarios? —preguntó él al ver que no estaban.

—Han sufrido un pequeño percance.

Simona se llevó a Talbot de allí y, horas más tarde, llamó a lord Ezequiel para contarle que había encontrado a los tres emisarios muertos en un callejón y que el maletín había desaparecido. Era la primera vez que le mentía.

15

—Joder, Ewan, no te me mueras —dijo Mitch apretándole la herida del pecho—. Podrías habérmelo dicho, ¿no te parece?

—¿El qué? —le preguntó el otro, casi inconsciente.

—Que las balas te hacían algo más que cosquillas. —Le dio un golpe al volante y apretó el acelerador.

—No estaba seguro —farfulló él.

—¡Que no estabas seguro! Joder, Ewan, eres increíble.

—¿Adónde vamos?

—¿Tú adónde crees? Pues al hospital. —Acto seguido giró hacia la derecha.

—¡No puedo ir al hospital! —Apretó los dientes—. Lo sabes perfectamente. ¿Cómo vas a explicarles lo de las garras? —Levantó una mano como si tuviera que recordárselo—. ¿O lo de los colmillos? —Le enseñó los dientes.

—No pienso dejar que te desangres, ya se me ocurrirá algo.

—Llévame a mi casa —insistió Ewan—. Julia…

Mitch iba a decirle que aquél no era precisamente el mejor momento para pensar en mujeres, pero entonces recordó una historia que le había contado Liam, el abuelo de Ewan, una noche, años atrás, y frenó en medio de la calle. Gracias a Dios que a aquellas horas no había tráfico. Giró ciento ochenta grados y pisó el acelerador. Más le valía no equivocarse.

Julia se había acostado. La cama era muy cómoda e incluso había llegado a cerrar los ojos y a relajarse, pero de repente notó como si una garra le oprimiera el corazón y se sentó de golpe. Le costaba respirar, había empezado a sudar y le temblaba el pulso. A Ewan le había sucedido algo. Algo muy grave. Ignoraba cómo lo sabía, pero por desgracia tenía la absoluta certeza de estar en lo cierto. ¿Qué podía hacer? Tenía que hacer algo, tenía que… Oyó que la puerta se abría y corrió hacia la entrada del apartamento.

—Soy Mitch —le dijo el hasta entonces desconocido que cargaba con Ewan—. Voy a tumbarlo en la cama.

Julia se apartó y los siguió hasta el dormitorio. Era obvio que aquél debía de ser el amigo policía del que Ewan le había hablado, y que había estado con anterioridad en el apartamento, pues conocía perfectamente la distribución del mismo.

—¿Qué ha pasado? —preguntó asustada.

—Nos han disparado, y al muy idiota se le ha olvidado que te había encontrado y que se estaba convirtiendo en mortal.

—¡Le han disparado! —Se acercó a Ewan y vio que tenía el jersey negro empapado de sangre—. Dios mío, tenemos que llevarlo al hospital.

—Ya lo he intentado —contestó Mitch mientras presionaba la herida con una toalla que había cogido del baño—, pero Ewan tiene razón. No podemos llevarlo allí estando así. —Le señaló las garras, que no se habían ocultado.

—¡Tenemos que hacer algo! —exigió, frenética.

Mitch levantó la vista y la miró durante unos instantes, y luego soltó una maldición.

—No te lo ha contado. ¡Joder! Cuando se recupere voy a matarlo con mis propias manos. —Respiró hondo—. Julia, sólo tú puedes «hacer algo».

—No te entiendo, no soy médico.

—Sí, lo mataré, juro que lo mataré. —Se apartó de Ewan y se acercó a ella—. Veo que no te escandalizas al ver las garras, y supongo que también sabes lo de los colmillos, ¿no? —Esperó a que asintiera para continuar—: Pues bien, seguro que el cretino de mi amigo sabrá explicártelo mejor cuando se despierte, pero la versión resumida es la siguiente: Ewan es un guardián y tú eres la mujer que el destino ha elegido para él. Al encontrarte, su cuerpo empezó a envejecer para así poder morir a tu lado, convirtiéndose por tanto en mortal, o en no tan inmortal, por decirlo de alguna manera. El muy cabrón todavía es muy resistente, pero sólo hay una cosa que puede ayudarlo a salir de ésta.

—¿Cuál?

—Tu sangre.

Julia creía estar llevando muy bien todo aquello de los guardianes, los soldados y los perros sanguinarios, pero al escuchar esas dos palabras comprobó que no era así. Le fallaron las rodillas y, de no ser por Mitch, que la sujetó, se habría caído al suelo.

—¿Mi sangre?

—Tu sangre —repitió él—. Y si no me falla la memoria tiene que beberla ahora mismo.

Los dos miraron hacia Ewan, que iba palideciendo por momentos.

Debería irse de allí, debería coger sus cosas y largarse de aquel apartamento en seguida. Todo aquello era una locura. Una locura. Pero sus pies se negaron a moverse en otra dirección que no fuera la de Ewan.

—¿Qué tengo que hacer? —se sorprendió diciendo.

—Me temo que mis conocimientos terminan aquí. Tal vez podrías… —Le señaló la cama con una mano—. Os dejaré solos. Si me necesitas, estaré en la cocina. —«Buscando una botella de whisky», pensó.

Julia asintió y esperó a que Mitch cerrara la puerta. Se sentó en la cama y se tumbó junto a Ewan con cuidado de no hacerle más daño. A juzgar por lo que veía, una bala le había atravesado el pecho, algo que sin duda habría matado a cualquier humano, y otra le había rozado el brazo derecho. Ella estaba en su lado izquierdo y se incorporó un poco para mirarlo. Así, con los ojos cerrados, parecía mucho más joven de lo que en realidad era, se lo veía incluso… inocente. Le apartó un mechón de la frente y él movió la cabeza en busca de la caricia.

¿Qué se suponía que tenía que hacer? Mientras pensaba en distintas posibilidades, iba recorriéndole la cara con los dedos, y él respondía a cada gesto con un gemido. Julia llegó a la conclusión de que lo mejor sería hacerse un corte en la muñeca y acercársela a los labios. Lo había visto en alguna película y, aunque le daba pánico lo de cortarse, seguramente sería efectivo. Dejó de acariciarle la cara, y con la mirada, le recorrió todo el cuerpo.

Ewan estaba excitado, pero Julia recordó que una vez había leído un artículo que decía que muchos hombres se excitaban al participar en una pelea. Era imposible que aquella erección fuera resultado de sus inexpertas caricias, pero aun así... cedió a la tentación e inclinó la cabeza para besarlo.

Sintió el aliento de Julia encima de él antes de que lo besara. Ella se detuvo a escasos milímetros de sus labios y, con la lengua, le recorrió el labio inferior. Y el guardián al que Ewan había podido controlar durante casi treinta años rompió todas las cadenas. Abrió los labios y permitió que Julia lo explorase a su antojo. Su lengua le acarició el interior de la boca como si fuera un auténtico tesoro, y cuando engulló un suspiro de placer de ella, pensó que nunca había vivido nada tan erótico; pero medio segundo después cambió de opinión, pues Julia aumentó la intensidad del beso y antes de darlo por terminado le pasó la lengua por los colmillos. Se los recorrió de arriba abajo. Lamiéndolos. Ewan abrió los ojos de golpe y la aferró entre sus brazos.

—Julia —suspiró, apartándose lo suficiente como para poder decir su nombre.

Ella le devolvió la mirada y le dio otro beso, confiando en que él supiera interpretar el gesto: no sabía lo que tenía que hacer, pero le daba permiso para que tomara lo que necesitara.

Los ojos de Ewan se volvieron completamente negros y fue como si en su fondo brillara una llama surgida del principio de los tiempos. Con una fuerza inusitada, teniendo en cuenta la cantidad de sangre que había perdido, la tumbó en la cama y se colocó encima de ella. Poseído, desesperado, y al borde del precipicio, le devoró los labios, moviendo las caderas al mismo ritmo. Julia le devolvió el beso, hasta que le puso las manos en el pecho y lo obligó a apartarse.

Ewan creyó morir porque, aunque el guardián era ahora

quien llevaba las riendas, él nunca le haría daño a Julia. Jamás la obligaría a hacer nada que ella no quisiera, antes se mataría. Y fue ese pensamiento el que lo asustó de verdad, pero entonces, su Julia hizo algo maravilloso, algo que Ewan no olvidaría por muchos años que viviera: se apartó la melena y ladeó la cabeza, ofreciéndole el cuello.

Más tarde seguro que se arrepentiría de no haber sabido saborear ese momento como se merecía, pero estaba sediento, perdido, y frente a él tenía todo lo que había negado necesitar durante muchos años. Se pasó la lengua por los colmillos y los hundió en la delicada piel de Julia. Oyó que ella trataba de contener un gemido de dolor y se detuvo de inmediato, aunque fue incapaz de soltarla. No, no era tan noble como había creído.

Se quedó quieto, tratando de no succionar, aunque la sangre que iba derramándose en su boca era capaz de destruir cualquier propósito que él pudiera hacerse. Besar a Julia era increíble, pero sentir su sabor escurriéndose por entre sus labios era indescriptible. Ewan sintió que su cuerpo empezaba a reaccionar, y la herida del torso fue cerrándose. Quizá no tuviese que beber más, pero Dios, cerró los ojos, qué ganas tenía de hacerlo. Y qué ganas tenía de… No, debía controlarse, pero entonces notó la mano de Julia en su nuca y el gemido que escapó de los labios de ella ya no fue de dolor sino de… ¿placer?

Despacio, Ewan succionó un poco y Julia suspiró y le acarició el pelo. Él repitió el proceso arqueando un poco las caderas, y las de ella lo siguieron. A partir de ese instante, se dio por vencido y se entregó a sus instintos, siguió bebiendo de ella, acompañando cada succión con una caricia de la lengua. Julia se aferró a su nuca y, con las caderas, inició una danza impregnada de anhelo. Ewan deslizó una mano hacia abajo y le acarició un pecho, justo por encima de la ropa, aunque en su mente se la imaginó desnuda. Ella arqueó la espalda buscando esa caricia, y él la atormentó con dedos expertos que nunca habían tocado nada tan perfecto.

Luego, Ewan siguió con su recorrido y colocó la palma de la mano en la entrepierna de Julia. A pesar del pantalón de algodón que los separaba, pudo notar el calor y las vibraciones que desprendía su sexo. Movió las caderas en busca de una postura que se asemejara lo más posible a la posesión que tanto ansiaba, y cuando notó que su erección quedaba encima del centro de la mujer que lo completaría el resto de su vida, empezó a moverse sin disimulo. Los suspiros y los gemidos de los dos se habían acompasado y eran indistinguibles. Dos amantes que por fin se habían encontrado y que jamás podrían existir el uno sin el otro.

—Ewan —susurró Julia.

Y al oír su nombre en sus labios, Ewan cayó en el abismo y tuvo el orgasmo más demoledor que hubiera tenido nunca. Empezó a estremecerse y apenas medio segundo más tarde, notó cómo al cuerpo de ella le pasaba lo mismo debajo del suyo. Podía oler el placer de Julia, y saber que había sido él quien se lo había provocado, aumentó el suyo hasta límites insospechados. Se aferraron el uno al otro hasta que sus cuerpos ya no tuvieron nada más que dar.

Ella no dejó de acariciarle la nuca en ningún momento, pero Ewan sí dejó de beber aquella sangre que le había salvado la vida. Despacio, ocultó los colmillos y le pasó la lengua por la herida. Eran dos punzadas diminutas que no tardarían en desaparecer, a pesar de que él siempre recordaría habérselas hecho.

Dejó la cabeza apoyada allí, en el hueco de su cuello, y respiró hondo. ¿De verdad había creído que sería capaz de resistirse a ella? Ahora que había bebido su sangre le resultaría imposible. Le dio un beso, dos, tres, y fue subiendo hasta llegar a la barbilla. Se apartó indeciso, temeroso, pero consciente de que quería mirarla a los ojos y darle las gracias por lo que había hecho, y por… Estaba dormida. Estaba dormida con una dulce sonrisa en los labios. Ewan se atrevió a darle un beso y ella no se lo devolvió, pero se movió y se acurrucó entre sus brazos para seguir durmiendo.

Bueno, pensó Ewan, a los dos les iría bien descansar un poco, pero él había eyaculado en sus pantalones por primera vez desde no recordaba cuándo, de modo que no tuvo más remedio que levantarse e ir al cuarto de baño. Una vez allí, comprobó que, gracias a la sangre de Julia, la herida del pecho estaba casi del todo curada, y la del brazo había desaparecido por completo. Se dio una ducha sin hacer ruido y, al salir, vio que ella seguía durmiendo. Quizá había bebido demasiada sangre. Se acercó a ella preocupado y le tocó la frente. Sólo estaba dormida. Le dio un ligero beso y, aunque le habría gustado meterse en la cama a su lado y hacerle el amor como era debido, salió del dormitorio en busca de Mitch.

Seguro que su amigo estaba esperándolo. Y, además, quería que cuando él y Julia por fin estuvieran juntos fuera porque los dos así lo deseaban, y no porque su vida dependiera de ello.

16

Según Simona, los cadáveres de los emisarios estaban junto al coche, con el maletero abierto y sin rastro del maletín. Los tres habían muerto de un disparo en la frente, lo que indicaba que el tirador sabía dónde disparar. Eso descartaba a la mayoría de los clientes del club. El Rakotis solía estar frecuentado por gente de la alta sociedad londinense que no sabía qué hacer con su dinero, y ninguno de ellos andaba por ahí con una pistola con silenciador bajo el brazo. La policía tampoco solía interesarse por el club, su talonario se había asegurado de que así fuera, y sus hombres solían resolver cualquier disputa con discreción, exceptuando lo sucedido dos días atrás con aquellos chicos.

Christopher y David eran dos niños ricos que iban a Rakotis en busca de algo que aportara emoción a su insulsa vida. Lo tenían todo, excepto cerebro, pensó Ezequiel con una sonrisa, y siempre pagaban al contado. Dos noches antes, le pidieron a una camarera la última novedad, y no hablaban del nuevo gin-tonic creado por el carísimo barman del local, sino que se referían a la última droga. A la última pastilla capaz de llevarlos hasta lo inalcanzable.

Como siempre, la camarera fue a preguntarle al jefe de sala, uno de los hombres que llevaba más años trabajando para Ezequiel, qué podría ofrecer a sus generosos clientes. Dystar, que seguía manteniendo su nombre de esclavo a pesar de que había comprado su libertad, lo llamó y Ezequiel pensó que sería una pena desaprovechar aquella oportunidad, así que decidió no hacerlo, y le dijo a Dystar que les ofreciera una muestra de las pastillas que Rufus Talbot le había hecho llegar aquella misma tarde.

Media hora después, aquellos dos chicos de clase alta se estaban comportando como animales, y Dystar decidió encargarle a uno de sus hombres que se los llevara de allí y se deshiciera de ellos. El soldado que se los llevó los trató como a perros, y al final le pareció divertido soltarlos en el puerto junto con una de las mascotas del ejército de las sombras. Los pobres no tuvieron ninguna posibilidad. Entre los mordiscos que se habían dado el uno al otro, y los que les dio el animal a ambos, no tardaron en morir desangrados. Pero el imbécil del soldado los dejó allí.

Ezequiel desvió la vista hacia el cadáver que yacía en el sillón de su despacho. Ese problema lo había resuelto de una forma muy satisfactoria, pensó, lamiéndose el labio inferior, pero lo de Simona no iba a ser tan sencillo.

Ella le había mentido. Ezequiel podía oler la debilidad a kilómetros de distancia, y su apreciada Simona apestaba a remordimientos cuando lo llamó. Bueno, tampoco era tan grave, en realidad, siempre le había costado controlarla, pero ahora que tenía una debilidad seguro que le resultaría más fácil. Lo único que tenía que hacer era averiguar de qué se trataba, y luego utilizarlo. Se acercó de nuevo al cadáver y sonrió. Todavía le quedaba algo de tiempo antes de llamar a Nueva York y asegurarse de que allí sus planes iban según lo previsto.

Mitch había abierto el maletín y había vaciado el contenido a su alrededor. Tenía el cuaderno de Stephanie a la derecha, y uno suyo a la izquierda, e iba tomando notas como un poseso. Ewan siempre había envidiado la capacidad de concentración que tenía su antiguo compañero de piso, y sonrió al ver que seguía sujetando el bolígrafo de aquel modo tan extraño, con todos los dedos de la mano izquierda, como si fuera una garra. Al pensar eso, bajó la vista hacia sus propias manos y vio que las tenía del todo normales.

—Vaya, me alegra ver que estás bien —dijo Mitch, soltando el bolígrafo—. Me has dado un susto de muerte.

—Lo siento.

—No te preocupes, me vengaré. ¿Cómo está Julia?

Ewan se sonrojó hasta la punta de las orejas.

—Dormida, creo que… que está cansada.

Mitch no pudo resistir la tentación de tomarle el pelo y silbó.

—¿Has averiguado algo? —le preguntó Ewan sentándose a su lado.

Su amigo decidió darle una tregua y aceptó el cambio de tema.

—El maletín estaba lleno de drogas. Algunas sustancias las conozco. —Cogió un par de botes y leyó los nombres—. Otras no las había oído mencionar en toda mi vida, pero estoy convencido de que no son caramelos. También había una pequeña hoja de instrucciones. No está firmada, por supuesto, y dudo que los chicos del laboratorio puedan extraer ninguna huella, pero…

—¿Pero?

—Pero estoy convencido de que si tienen a Dominic está

encerrado en alguna parte de Vivicum Lab. Mira, aquí se insinúa. —Le tendió el papel—. Dicen que el sujeto que están utilizando para las pruebas tiene que estar monitorizado las veinticuatro horas, y eso sólo es posible…

—… si está en el laboratorio —terminó Ewan la frase.

—Exacto. ¿Tienes algún plano del edificio de Vivicum Lab?

Él se levantó y fue a buscarlo, y luego lo extendió encima de la mesa del comedor.

—Probablemente esté en las plantas inferiores. Un sótano sería lo más adecuado —comentó Ewan—. Tanto si tienen a Dominic como a cualquier otro guardián, necesitan que las paredes sean muy gruesas para contenerlo, y alguna que otra cadena. No creo que hayan corrido el riesgo de encerrarlo en un lugar con ventanas y vistas al mar.

Ewan y Mitch estaban tan concentrados estudiando el plano que no oyeron que la puerta del dormitorio se abría.

—Stephanie siempre bromeaba acerca del cuarto de los horrores.

Los dos hombres levantaron la cabeza y la escucharon atentos.

—Una vez me contó que una tarde, mientras estaba trabajando en el laboratorio del doctor Cochran, le pareció oír unos aullidos. Yo me reí de ella, pero ahora que lo pienso, quizá no tuviera tanta gracia.

—¿Dónde está el laboratorio de Cochran? —le preguntó Mitch, haciéndole sitio frente al plano para que se lo señalara.

—Aquí.

—¿Qué es esta pared? —En esa ocasión fue Ewan el que formuló la pregunta.

Los tres se quedaron mirando el plano.

—No soy arquitecto, pero si comparamos esta planta con la superior, deberían ser idénticas, ¿no? —elucubró Mitch—. Y si mis ojos no me engañan, ésta parece más pequeña, como si le faltara algo.

—Hay un doble muro —dijo Julia.

—Sí, seguro que aquí detrás están los metros que nos faltan. Tenemos que ir allí cuanto antes.

Mitch tuvo que detener a Ewan, pues éste ya casi tenía una mano en el picaporte, listo para salir.

—Yo también quiero encontrar a Dominic, o a quien sea que tengan encerrado allí, cuanto antes —le dijo—, pero tenemos que ser cautos. Por el amor de Dios, a ti acaban de dispararte. Lo mejor será que mañana tú y Julia vayáis a trabajar como si nada, y tratéis de encontrar el modo de entrar allí sin que os maten. Además, así tendré tiempo de terminar de repasar las pruebas del asesinato de esos dos chicos y quizá logre encontrar algo que justifique la petición de una orden de registro. Lo único que necesitaría sería poder vincular las pastillas de LOS con Vivicum Lab.

—Quizá yo pueda ayudarte con eso —sugirió Julia—. Todos los componentes químicos dejan un rastro único, así como los utensilios utilizados en el proceso de confección de un medicamento. Si tuviera una de esas pastillas, quizá podría demostrar que ha salido del laboratorio de Cochran.

—Veré lo que puedo hacer. Por ahora sólo hemos encontrado una. Había una bolsa llena junto al cuerpo de tu amiga —le explicó respetuoso—, pero nunca llegaron a la comisaría.

—Por eso dijeron lo de la sobredosis —dijo Julia casi para sí misma.

Ewan le acarició la espalda. No era una caricia sexual, lo hizo sólo para que ella supiera que estaba allí. A su lado.

—Tengo una idea. ¿Registrasteis el piso de Stephanie? —le preguntó Julia a Mitch.

—No. Ella era la víctima, y no creímos que hubiera motivos para hacerlo —se justificó Mitch, aunque empezó a sospechar que habían cometido un grave error.

—A juzgar por el cuaderno, es evidente que Stephanie se tropezó con algo que le llamó la atención, algo que la hizo empezar a sospechar, que la llevó a recabar información.

—¿En qué estás pensando? —le preguntó Ewan, fascinado por el modo en el que trabajaba la mente de la joven.

—Hace años, un hermano de Stephanie murió de sobredosis. Ella casi nunca hablaba de él, pero sé que estaban muy unidos; de hecho, eran casi inseparables. Por eso siempre he sabido que Steph nunca se drogó. Odiaba las drogas y, aunque solía presentarse como una cabeza hueca, dedicaba muchas de sus horas libres a la investigación de la desintoxicación y la drogodependencia. Si Stephanie se topó con una de esas pastillas, seguro que se la llevó a su apartamento.

—Vale la pena intentarlo —dijo Mitch—. ¿Tienes las llaves?

—Sí, me las dio hace años. Las tengo en un cajón de la mesa de mi despacho. —Vio que los dos hombres la miraban y se explicó—: Soy pésima con las llaves, siempre las pierdo, así que pensé que allí estarían a salvo. Nunca las he utilizado.

—¿Alguien sabe que las tienes? —le preguntó Ewan antes de que Mitch pudiera hacerlo.

—No creo. Me las dio una vez que se fue de vacaciones, por si sucedía algo. No le di ninguna importancia, y supongo que ella tampoco. Así que no, no creo que nadie lo sepa.

—De todos modos, lo mejor será que no vayas sola —dijo Mitch.

—Podemos ir mañana al salir del trabajo. Cuanto más tiempo podamos mantener la apariencia de normalidad, mejor. Si alguien de Vivicum Lab sospechara algo, seguro que nos echarían en un abrir y cerrar de ojos.

—O algo peor —apuntó Mitch, que estiró los brazos hasta que le crujieron las articulaciones—. Los tres estamos muy cansados. Id a dormir un rato. Yo haré lo mismo. Si consigo que me den la orden, os llamo, si no, nos vemos por la noche. Y tú —señaló a Ewan—, procura que no vuelvan a agujerearte.

Él iba a decirle que ese agujero que tanta gracia le hacía se lo habían hecho por salvarle la vida, pero no fue lo bastante rápido y, cuando reaccionó, Mitch ya estaba entrando en el ascensor. Al oír el discreto ruido de la maquinaria mezclándose con el de la respiración de Julia, se dio cuenta de que se habían quedado solos. Tras mirar la puerta por la que acababa de irse su amigo, Ewan se dio media vuelta en busca de Julia y la vio tocándose el cuello en el lugar donde la había mordido.

—¿Te duele? —le preguntó.

Ella se sonrojó y apartó la mano, como si hasta entonces no hubiera sido consciente de que se estaba tocando la leve marca de sus colmillos.

—No. No te preocupes. —Dobló el plano del edificio y colocó el cuaderno de Stephanie encima, acariciando la cubierta.

—Descubriremos quién la mató —le dijo él.

—Lo sé, pero eso no hará que vuelva.

—No, nada puede conseguir eso —convino Ewan, que había eliminado la distancia que los separaba. Estaba de pie frente a ella, esperando a que Julia levantara la vista y lo mirara. Por fin lo hizo, y entonces él volvió a hablar—: Gracias —dijo—. Gracias por permitir que… —Ahora le tocó a Ewan sonrojarse, y desvió la vista hacia el cuello de Julia.

—Supongo que ahora estamos en paz —contestó ella.

—¿En paz? —No sabía a qué se refería.

—Sí, en paz. Tú me salvaste la vida cuando aquel perro trató de convertirme en su merienda, así que dejar que…

—Que bebiera tu sangre —la ayudó él, a quien cada vez le gustaba menos el sesgo que había tomado aquella conversación.

—Eso, gracias, era lo mínimo que podía hacer.

Su primo tenía razón, pensó Ewan, no tenía ni idea de cómo tratar a las mujeres. Había salido del dormitorio convencido de que las cosas entre él y Julia iban viento en popa, pero al parecer el barco estaba naufragando. Joder, y ni siquiera había llegado a coger el timón.

—Estoy muy cansada. Volveré a mi dormitorio —puntualizó—, y trataré de dormir un poco. Mañana tenemos mucho que hacer.

Ewan la vio dirigirse hacia la puerta y tuvo ganas de hacerle dar media vuelta, pegarla a él y exigirle que lo tratara de otro modo: igual que en la cama. Podía sentir lo excitado y enfadado que estaba, pero como se había prometido no ponerla nunca en peligro, cerró los puños con fuerza y se quedó quieto. Frustrado y furioso, pero quieto donde estaba.

—¿Puedo preguntarte una cosa? —soltó de repente, sorprendiéndose incluso a sí mismo.

Julia se detuvo y asintió.

—¿Por qué lo has hecho? ¿Ha sido sólo para saldar esa deuda que creías tener conmigo? Porque si es así, habría bastado con que te hicieras un pequeño corte en la muñeca.

No quería ofenderla, sencillamente, quería hacerla reaccionar y volver a ver a aquella mujer apasionada que le había hecho renunciar a casi treinta años de autocontrol.

—Siento mucho que mis métodos no te hayan gustado, pero sí, como ya te he dicho, ha sido para devolverte el favor.

—Comprendo. —Enarcó una ceja—. ¿Y no tienes ninguna pregunta que hacerme? ¿No quieres saber por qué tu sangre ha conseguido hacer desaparecer una herida de bala de mi pecho? ¿Crees que si hubiera bebido la de Mitch habría surtido el mismo efecto?

No sabía muy bien por qué la estaba provocando, pero ahora que había empezado era incapaz de parar. El guardián no iba a darse por vencido así como así.

Julia abrió la puerta antes de responder:

—Sé que la sangre de Mitch no habría tenido el mismo efecto, él mismo me lo ha contado.

—¿Ah, sí? ¿Y qué más te ha contado?

—Me ha dicho que se supone que el destino me ha elegido como la mujer perfecta para ti y que por eso ahora eres casi mortal, y que sólo mi sangre puede curarte.

—¿Y no te lo crees? Tú misma has comprobado que es verdad.

—Lo es, pero eso no implica que tenga que lanzarme a tus brazos, ¿no? —lo retó.

—No, supongo que no —respondió él, pasados unos segundos.

—El destino puede decidir lo que le dé la gana, pero la que tiene que estar convencida de que eres el hombre de mi vida soy yo, y el que tiene que creer que soy su alma gemela eres tú, y no una leyenda ancestral que se escribió hace miles de años. Y hasta que eso suceda será mejor que duerma en la habitación de invitados —añadió—. Buenas noches, Ewan.

—Espera un segundo —le pidió, acercándose de nuevo a ella. Cuando la tuvo delante, le colocó un dedo bajo la barbilla y se la levantó—: Tienes razón, cuando estemos juntos será porque los dos lo deseemos más que seguir viviendo, y no porque el destino lo haya decidido. Pero deja que te diga una cosa: me alegro de que el destino te haya elegido. Hasta ahora, siempre he tenido miedo de convertirme en un guardián, pero si te tengo a mi lado, creo que podré asumir el riesgo.

—¿Asumir el riesgo? —preguntó embobada, pues sus hormonas le estaban gritando que era una idiota por no correr a acostarse con él.

—Ve a dormir. Cuando resolvamos todo esto, ya tendremos tiempo de contárnoslo todo. —Se agachó y le dio un beso, que empezó siendo tierno pero pronto los hizo arder a ambos de pasión.

—Buenas noches —repitió Julia después de pasarse la lengua por el labio inferior y antes de desaparecer tras la puerta de la habitación de invitados.

—Buenas noches —contestó Ewan, ahora más tranquilo.

Lo que había dicho Julia tenía sentido. Al fin y al cabo, en cuestión de pocos días había sobrevivido a un intento de asesinato, había descubierto que en el mundo habitaban otras especies aparte de la humana, y había sabido que, al parecer, ella estaba destinada a ser la compañera de uno de ellos. Que quisiera algo de tiempo era perfectamente comprensible, pensó él respirando hondo; el único problema era que la luna llena se estaba acercando.

Ni Julia ni Ewan consiguieron dormir demasiado, era como si sus cuerpos se echaran de menos, a pesar de que lo único que habían compartido eran unas simples caricias y de que todavía no se habían entregado el uno al otro. Pero cuando volvieron a coincidir en la cocina, horas más tarde, vestidos para ir al trabajo, ninguno de los dos lo reconoció y ambos mintieron diciendo que habían descansado «bastante bien».

En Vivicum Lab repitieron la rutina del día anterior; él la acompañó a su laboratorio y fue a buscarla para almorzar. Tanto Jordan como Lucas, como los miembros del equipo de Ewan, empezaron a chismorrear acerca de que eran pareja. Hacia las cuatro de la tarde, toda la empresa lo daba por hecho, y cada departamento había añadido algo a la historia.

Ewan trató de ignorar los chismes, pero en su fuero interno deseó que hubieran sido verdad; en especial el que decía que llevaban meses acostándose. Estuvo inquieto toda la mañana, y que Mitch lo llamara para decirle que no había conseguido la orden del juez no ayudó demasiado. La única buena noticia se la dio Julia a la hora de comer, cuando le confirmó que tenía las llaves del apartamento de Stephanie y añadió que estaba segura de que nadie las había tocado. Aquella misma noche irían allí.

17

La historia de Ivan Babrica
Libro negro de los guardianes

En una recóndita zona de Rusia, en la época de los zares y durante un invierno eterno, cruel y demoledor, Ivan Babrica, fiel guardián de Alejandría y líder de uno de los clanes más poderosos del continente, conoció a su alma gemela: Catalina Ilich.

Catalina tenía una voz demasiado brillante para ser terrenal, brillo que sólo palidecía si se comparaba con el azul de sus ojos o la dulzura de su sonrisa. Había nacido en el seno de una familia pobre, pero la generosidad de una rica viuda hizo posible que fuera a la capital a estudiar canto. Los maestros del conservatorio lloraron la primera vez que la oyeron cantar, y coincidieron al decir que aquella voz era un regalo de los dioses. Catalina pasó de no tener casi nada a vivir entre algodones, y todo porque el director de la ópera quería asegurarse de que su futura estrella encandilara a todos en su primera representación. Y así fue. Cuando Catalina salió a cantar, todos los príncipes y plebeyos que la oyeron, bien sentados en el teatro, bien trabajando entre bambalinas, se quedaron atónitos. Varios lloraron. Todos la aplaudieron. Excepto uno. Ivan.

Ivan había acudido a aquella representación para hablar con uno de los asesores del zar, pero tan pronto como Catalina apareció en el escenario se olvidó de todo, incluso se habría olvidado de seguir ordenándole a su corazón que latiera si no fuera porque aquello era impo-

sible. Cuando terminó la ópera no perdió ni un segundo y fue directamente hacia los camerinos. Buscó el de ella y entró. Años más tarde seguía sonrojándose al recordar la historia; uno de los pocos recuerdos felices que se llevó al morir.

Ivan esperó a Catalina y cuando ella entró lo primero que hizo fue gritar. Asustada, le lanzó a la cabeza el primer jarrón que encontró a mano, y él, un guardián con reflejos infalibles, fue incapaz de esquivarlo. Ivan corrió hacia ella y le tapó la boca con la mano y, aunque aquel contacto bastó para que le temblara todo el cuerpo, se esforzó por mantener cierto decoro y le juró que no quería hacerle daño, que sólo quería hablar con ella. Catalina asintió, no porque las palabras de él la hubieran convencido, sino porque su misterioso asaltante tenía la mirada más dulce que había visto jamás.

Tras aquel accidentado primer encuentro, Ivan consiguió volver a verla, una y otra vez. Y una tarde de primavera, él le contó la verdad sobre su naturaleza de guardián y ella, ante la sorpresa de Ivan, accedió a casarse con él. Ivan nunca había sido tan feliz, y todo su clan compartía su alegría, algo que lo satisfacía sobremanera pues había temido que la familia Kalinin le retirara su apoyo. Muchos habían dado por hecho que Ivan, al no haber encontrado a su alma gemela, se casaría con Nadia Kalinin, la hija del rico y poderoso Sacha Kalinin, incluso había quien se había atrevido a poner una fecha. Pero al parecer los temores de Ivan habían sido en vano.

Ivan y Catalina llevaban casi dos años casados cuando ella le comunicó que estaba embarazada. La alegría fue incontenible e Ivan cuidó y amó a su esposa con devoción durante nueve meses. Hasta que Catalina dio a luz a una niña con la marca de las sombras en la espalda.

Catalina lloraba de dolor cada vez que Ivan rechazaba a la pequeña Simona, y no podía comprender a qué se debía. Simona era pre-

ciosa, sonreía siempre que su padre entraba en la habitación, aunque él se negara a cogerla en brazos. Una noche, después de suplicarle en vano a Ivan que le contara qué estaba pasando, se fue apesadumbrada a su habitación, que ya no compartía con su esposo, y oyó susurrar a dos personas. Una era Vladimir Kalinin y otra una de las ancianas que la habían asistido en el parto. Vladimir estaba dándole las gracias a la mujer por marcar a la recién nacida con un objeto candente. La marca que le había quedado a Simona en el omoplato era idéntica al símbolo del ejército de las sombras. Catalina corrió a contarle a Ivan lo que había sucedido y éste la creyó y echó a los Kalinin de su clan.

Ivan, Catalina y Simona fueron felices durante un tiempo. Catalina sentía que el corazón le crecía en el pecho cada vez que veía a Ivan jugando con su hija, pero una tarde de invierno, casi tan fría como lo habían sido las de su infancia, aquella felicidad se desvaneció.

Ivan y Simona estaban jugando a esconderse por entre los árboles y de repente Catalina oyó un grito desgarrador y corrió hacia allí. Se había imaginado varias cosas, pero ninguna como la que encontró. Simona no paraba de llorar y se tapaba el rostro con sus diminutas manos, unas manos de las que salían unas pequeñas garras de acero idénticas a las de su padre. Ivan estaba de pie delante de la niña sin tocarla, sin apartar la mirada de ella, y con el rostro desencajado.

—No pasa nada, Simona —le dijo Catalina a su hija, besándola en la mejilla—. Papá te lo explicará todo.

Ivan siguió inmóvil.

Catalina dio otro beso a Simona y levantó el rostro en busca de su esposo.

—¿Ivan?

—No, no puede ser —farfulló—. Es imposible.

—¿Imposible?

—Sólo los hijos varones son guardianes —confesó.

Catalina abrazó a Simona con fuerza.

—La marca. La marca de las sombras —recordó Ivan en voz alta—. Lleva la marca de las sombras.

—Ivan, no digas estupideces. Ya sabes qué, o mejor dicho quién, le hizo esa marca.

—Los Kalinin siempre lo negaron. —Ivan dio un paso hacia atrás—. Dijeron que tú te lo habías inventado todo —le recriminó a su esposa—. Dios, tenía tantas ganas de creerte. ¿Cómo puedo haber estado tan ciego?

—Ivan, me estás asustando. ¿De qué estás hablando?

—Vladimir me dijo que te había visto con otro hombre.

—¡Pero si era virgen cuando nos casamos, y tú lo sabes mejor que nadie!

—Después. Me dijo que tenías un amante, que tenía pruebas.

Catalina notó que Simona temblaba y se puso furiosa.

—¡Es tu hija, Ivan! Tiene tus mismos ojos, tus mismas garras. —Lloró—. Por lo que más quieras, abrázala.

Ivan se quedó mirando a la pequeña y dio un dubitativo paso hacia adelante. Catalina esbozó una sonrisa.

—No puedo.

Simona agachó la cabeza y la ocultó entre las faldas de su madre.

—¿Qué estás diciendo?

—No puedo —repitió Ivan—. Llevo años tratando de apartar de mi mente todas esas dudas, pero ahora veo que los Kalinin tenían razón. Tienes un amante y es miembro del ejército de las sombras. Ella es la prueba. Nunca ha existido una mujer guardiana. Ni la habrá. Ella es una aberración.

—¡Ella es tu hija!

—No, no lo es —sentenció Ivan—. Por consideración a ti, os per-

mito que os quedéis hasta mañana, pero a primera hora tenéis que iros de aquí. No le diré a nadie del clan lo de Simona.

Y con esa frase destrozó para siempre el corazón de su hija y se marchó sin mirar atrás.

Catalina y Simona se fueron con la ropa que llevaban puesta y una pequeña maleta con sus pertenencias más queridas, entre las que se encontraba un violín que Ivan le había regalado a su esposa con el nombre de la pequeña tallado en él. A pesar de que Ivan la había obsequiado con muchas joyas, las dejó todas, y ella y su hija se fueron de esa mansión para no volver.

Ivan no le contó a nadie lo sucedido, y delante de los miembros del clan culpó a la ópera del abandono de su esposa. Nadie lo creyó, pero tampoco se atrevieron a cuestionárselo. Durante ocho meses una tensa calma se instauró en la mansión del clan Ilich, hasta que estalló la tormenta. Ivan recibió un paquete y cuando lo abrió y vio lo que contenía aquella caja de cartón gritó de dolor. El violín de Catalina y una carta manchada de sangre. La misiva decía:

«Tú me arrebataste mi futuro, y ahora yo te he arrebatado el tuyo. Estamos en paz. Tu esposa siempre te fue fiel, incluso antes de morir se negó a traicionarte, y la pequeña Simona no tenía ningún lazo con el ejército de las sombras… hasta ahora. Nadia Kalinin.»

Ivan enloqueció y el guardián, en su expresión más fiera, tomó el control y salió en busca de Simona. Su pequeña acababa de cumplir tres años. Tenía que encontrarla. No iba a permitir que le sucediera nada malo.

Ivan nunca llegó a encontrar a Simona y su sed de sangre lo convirtió en un asesino despiadado y descontrolado. Murió años más tarde frente a la ópera en la que había conocido a Catalina. Unos dije-

ron que había sido un soldado del ejército de las sombras, otros, que lo poco que quedaba del corazón de Ivan dejó de latir al comprender en qué se había convertido.

Mitch llevaba dos horas sentado a la mesa más desordenada de la comisaría; la suya. Podía decirse que era caótico, pero también que era un desordenado encantador, excepto cuando no conseguía encontrar ni un solo lápiz en medio de todo aquel caos.

—Buchanan, tienes visitas —le dijo un agente.

—No estoy —farfulló levantando un montón de folios.

—Puedo verlo, detective.

Reconocería esa voz en cualquier parte; sólo la había oído pronunciar dos frases en medio de aquel oscuro callejón, pero había sido incapaz de quitársela de la cabeza.

—¿Tú? —dijo, y de inmediato irguió la espalda en el asiento—. ¿Qué estás haciendo aquí? —Miró a su alrededor y se llevó la mano derecha a la pistola.

—He venido sola —le aseguró ella al ver el gesto—. Si quisiera matarte, ya lo habría hecho, ¿no crees?

Los dos se miraron a los ojos y él vio que ella sonreía y que tenía las mejillas algo sonrosadas.

—Supongo. Siéntate. —Acompañó la invitación con un gesto de la mano. Esperó a que lo hiciera y le preguntó algo que llevaba horas atormentándolo—: ¿Cómo te llamas? —No podía seguir llamándola amazona en su imaginación.

—Simona. Simona Babrica. ¿Qué? —le preguntó al ver cómo la miraba—. ¿Creías que no te iba a responder?

—Sí, eso es exactamente lo que creía.

—Vaya, detective Buchanan, eso es muy desconfiado por tu parte.

—Gajes del oficio. —Por el rabillo del ojo, Mitch vio que un par de compañeros lo miraban alucinados. Y no era para menos, él nunca recibía visitas, y esa mujer era tan guapa…—. Veo que juegas con ventaja, Simona. ¿Cómo me has encontrado?

—Tengo mis propios métodos.

—Ya veo. —Echó la silla hacia adelante y jugó con un lápiz—. ¿Qué estás haciendo aquí?

Simona lo miró a los ojos y Mitch vio que a pesar de su fiero aspecto, estaba nerviosa. En aquel instante, Simona le recordó a un cervatillo asustado, y decidió que, dado que no quería que saliera corriendo, le daría todo el tiempo del mundo. La amazona respiró hondo y se pasó la lengua por el labio inferior.

—Creo que será mejor que me vaya —dijo Simona, captando de nuevo la atención de Mitch, que se había quedado embobado mirándole los labios.

—¿Qué? ¡No! —Se incorporó y la sujetó por la muñeca—. Quédate, por favor.

Simona desvió la mirada hacia los dedos de Mitch. Era la primera vez que alguien la tocaba. No iba a confesárselo, por supuesto, aunque Simona apenas podía soportar que la tocaran, y mucho menos un hombre. No sabía a qué se debía, pero en sus pesadillas veía a un hombre de pie frente a ella diciéndole que no la quería. No le gustaba que la tocasen, pero los dedos del policía eran agradables, cálidos.

—Yo… —tragó saliva—. Está bien.

Mitch volvió a sentarse y ella hizo lo mismo.

—Lo que sucedió en el callejón —empezó Simona—... yo no suelo hacer eso.

—Ya. Tú sueles disparar —dijo Mitch como si estuvieran charlando del tiempo.

—Sí. Es lo que soy —respondió orgullosa.

—No —la interrumpió él—. No es lo que eres. Es lo que haces, o lo que hacías —le explicó. Mitch no tenía ni idea de qué le estaba pasando, pero a pesar de que todas las pruebas apuntaban en sentido contrario, sabía que Simona no era mala, sino todo lo contrario. En realidad, estaba haciendo verdaderos esfuerzos por no levantarse e ir a abrazarla para consolarla.

A Simona le brillaron los ojos y levantó la mirada para no derramar las lágrimas.

—¿A qué has venido? —Como no podía correr el riesgo de sucumbir a sus deseos, Mitch optó por tratar de averiguar algo que pudiera ayudar a Ewan.

—Lo que hay en ese maletín es muy peligroso. Si me lo devuelves ahora quizá pueda impedir que te maten.

—¿Y por qué ibas a hacer eso? —le preguntó él enarcando una ceja.

—No lo sé. —Echó la silla hacia atrás y se puso en pie en cuestión de segundos—. Ya sabía yo que no debería haber venido. Está bien, quédate con el maletín.

Simona dio unos cuantos pasos y Mitch la oyó mascullar algo entre dientes. Sin perder ni un segundo, cogió la cazadora y fue tras ella.

—¿Qué has dicho sobre tu madre?

—He dicho que no debería seguir leyendo sus diarios. Sus consejos siempre me meten en líos.

—¿Lees los diarios de tu madre? ¿Y ella lo sabe?

Simona ladeó la cabeza y lo fulminó con la mirada.

—Sólo he venido aquí a advertirte de que corres peligro, Buchanan.

Llegaron afuera y ella se detuvo delante de una impresionante moto negra.

—¿Vas a subirte en eso? —le preguntó atónito. A Mitch le gustaban las motocicletas, pero esa bestia parecía ser más adecuada para un hombre que pesara doscientos quilos que para Simona, que con cada segundo que pasaba con ella le parecía más delicada.

—¿A ti qué te parece? —Se puso el casco y levantó la visera—. No sé qué pretendéis tu amigo y tú, pero aunque él sea un guardián, tened cuidado. —Vio que lo había sorprendido y le gustó comprobar que Mitch no trataba de negar la realidad—. Dios, ¿por qué estoy haciendo esto? —dijo mirando hacia un lado como si estuviera hablando sola—. Creo que esta noche Talbot y Cochran estarán ocupados —añadió dirigiéndose a Mitch.

—¿Ocupados?

—Sí, y lejos del laboratorio. —Se bajó la visera y giró la llave del motor.

—Gracias —gritó Mitch, pero la moto negra estaba ya media calle más abajo.

Mitch entró de nuevo en la comisaría con una sonrisa en los labios y ni siquiera se inmutó con los malintencionados comentarios de uno de sus compañeros. Regresó a la caótica mesa y empezó a tramar un plan. Tenían que entrar en los laboratorios esa misma noche, porque, por extraño que fuera, y más teniendo en cuenta que él se ganaba la vida desconfiando de la gente, Mitch estaba seguro de que Simona le había dicho la verdad.

Y eso era la primera vez que le sucedía. ¿Quién era Simona Babrica? La había visto empuñando una pistola con la destreza de un asesino a sueldo, y horas más tarde se plantaba en su despacho sonrojada y con lágrimas en los ojos. Dura por fuera y tierna por dentro. Quizá fuera una trampa, una actuación perfectamente diseñada para llevarlos, a él y a Ewan, a una muerte segura. No, no era una trampa. No tenía lógica ni sentido, pero Mitch iba a poner su vida en peligro, y la de su mejor amigo, porque su corazón sabía a ciencia cierta que Simona no había mentido.

18

Julia Templeton seguía viva. La muy zorra. Y ni siquiera había denunciado el ataque, pensó Rufus Talbot. Lo sabía porque uno de los policías que trabajaban para él se lo había confirmado. Era imposible que ella sola hubiera podido eliminar a Larkin y a uno de sus perros asesinos, y que luego además se hubiera deshecho de los cadáveres. No, alguien la estaba ayudando, pero ¿quién?

Para distraerse, abandonó el despacho y fue hacia el sótano por la escalera que, oculta tras una puerta secundaria, conducía allí directamente. Dado que las drogas del ejército de las sombras no habían llegado a sus manos, Talbot le había dicho a Cochran que improvisara, y estaba impaciente por ver los resultados. Introdujo el código de seguridad y fue a hacerle una visita a su invitado.

—Veo que sigues resistiéndote —dijo con cara de asco, al ver que Dominic Prescott seguía aferrándose a su cordura—. Deberías darte por vencido. Todo sería más fácil entonces.

—¿Más fácil para quién? —farfulló el guardián, que tenía el torso y la frente empapados de sudor—. ¿Para ti, vil rata traidora?

—Vamos, vamos, no te pongas así. Ya te dije que no era nada personal.

—Qué detalle. —Dominic se puso en pie a pesar de que

le temblaban las rodillas, y se acercó a los barrotes—. Nada de esto va a servirte.

—No seas cenizo. Quizá debería decirle al bueno del doctor Cochran que te aumente la dosis de esta última fórmula —comentó como si nada, y Dominic cometió el error de temblar.

Éste llevaba días sufriendo pesadillas y, en más de una ocasión, había temido quedar atrapado en las garras de la oscuridad. Aquellas drogas, sumadas a la ausencia de Claire, lo estaban afectando más de lo que estaba dispuesto a reconocer. Más de lo que quería que supieran aquellos degenerados. Dominic era médico, y si sus sospechas se confirmaban, Talbot estaba a punto de dar con una droga capaz de enganchar a los guardianes. Y él no quería ser el primero en probarla. Su cuerpo no lo resistiría, no tal como estaba. Tenía que escapar antes de que le inyectaran una dosis más. Convertirse en un ser sin voluntad sería peor que la muerte, y Dominic no estaba dispuesto a permitirlo. Había sobrevivido a demasiada mierda como para que ahora lo derrotaran un montón de imbéciles sin escrúpulos y con bata blanca.

—Haz lo que te dé la gana. No servirá de nada —le dijo a Talbot.

—Oh, no te preocupes, lo haré —replicó éste. Y se fue de allí silbando.

Y Dominic, que llevaba años siendo ateo, rezó para que alguien fuera a salvarlo.

Rufus regresó a su despacho de mucho mejor humor y, media hora más tarde, recibió una llamada telefónica que se lo mejoró aún más.

—Mi señor, Julia tiene las llaves del apartamento de su

amiga Stephanie y esta noche planean ir allí —le dijo su fiel lacayo.

—¿Quiénes?

—Ella y ese novio que la sigue a todas partes como un perro faldero. No me gusta, mi señor.

—Ni a mí. Has hecho muy bien, Lucas. Estoy orgulloso de ti.

—Gracias, mi señor.

Rufus colgó. Sí, definitivamente estaba teniendo un gran día. Un día que terminaría siendo muy explosivo, pensó, justo antes de echarse a reír como un loco.

Lucas se había convertido en lacayo de Rufus Talbot con apenas dieciocho años. En esa época, el joven estaba fascinado por la cultura gótica y convencido de que los vampiros existían. En su búsqueda de esos seres, frecuentaba bares y otros lugares en los que se rumoreaba que los habían visto. Una noche, cuando ya iba a darse por vencido, vio a Rufus Talbot en un callejón. Tenía a una mujer contra la pared y estaba bebiendo sangre de su cuello. Nunca había visto nada tan hermoso, tan bello, y cuando Rufus terminó, se acercó a él y le ofreció sus servicios y devoción eterna.

Al principio, le había costado un poco que lo aceptara, pero con los años lo había logrado, y el señor Talbot siempre era muy generoso con él. Tiempo atrás, le había explicado que no era exactamente un vampiro, sino algo más y que si se portaba bien y cumplía con sus obligaciones algún día lo convertiría. Mientras, podía tomar unas pastillas que lo irían preparando para la conversión.

Ahora le había dicho que estaba orgulloso de él. El día de la conversión estaba cada vez más cerca, y él estaba más que preparado para transformarse en una criatura de las sombras, y si para eso tenía que sacrificar a Julia Templeton, lo haría. Julia no era mala persona, y en realidad siempre había sido buena con él, pero si su señor la quería, señal de que se lo tenía merecido. Él no era nadie para cuestionar los designios de un ser tan poderoso; lo único que deseaba era ser digno de él. Colgó el teléfono y fue a por otra pastilla. Necesitaba estar cerca de su señor.

Julia y Ewan fueron al piso de Stephanie sin Mitch, que se quedó en la comisaría repasando las pruebas del tiroteo de Rakotis. Por mucho que se empeñara en negarlo, éste no había conseguido quitarse de la cabeza a aquella amazona que lo había apuntado con una arma para luego dejarlo ir. Necesitaba volver a verla, pero no encontraba ningún rastro, nada que pudiera llevarlo de nuevo hacia ella. Era desesperante y frustrante. Y él nunca se había sentido así.

Mitch le recomendó a Ewan que extremara las medidas de precaución y que no se hiciera el héroe. Y su amigo le prometió que le haría caso y que lo llamaría tan pronto como regresaran a su apartamento.

Ewan y Julia se habían pasado el día evitando el tema, y era tan incómodo como tener a un elefante en medio de una tienda de porcelana china, pensó ella. Cuando coincidieron en el trabajo, ambos se limitaron a repasar lo que él había averiguado acerca de Cochran, que al parecer seguía sin dar señales de vida, y ahora que estaban en el coche de camino al apartamento de Stephanie, ni siquiera le dirigía la palabra.

—Ya hemos llegado —anunció él, sacándola de su ensimismamiento.

Julia fue la primera en salir del vehículo y no esperó a que Ewan la siguiera, sino que se dirigió directamente hacia el apartamento. Había estado allí cientos de veces, pero ninguna desde la muerte de Stephanie. Sintió un nudo en la garganta, pero se obligó a seguir, y entonces notó que Ewan la cogía de la mano. Sin decir nada, se agachó y le dio un beso, y cuando se apartó le sonrió.

Subieron juntos la escalera y, tras abrir, Julia fue directa al dormitorio, de donde salió minutos más tarde con las manos vacías. Por su parte, Ewan se centró en las otras habitaciones, y tuvo un poco más de suerte que ella, pues encontró un ordenador portátil y otro cuaderno que se guardó en el bolsillo, pero ni rastro de ninguna pastilla. Sólo les faltaba registrar la cocina, pero entonces los instintos de Ewan se pusieron en alerta.

—Tenemos que irnos de aquí —le dijo a Julia cogiéndola de la mano al tiempo que tiraba de ella—. Vamos.

—¿Qué pasa?

Él no respondió sino que echó a correr y, cuando el apartamento estalló en mil pedazos, se abalanzó sobre Julia para protegerla con su cuerpo. Podían sentir el calor de las llamas rodeándolos, los cristales de las ventanas rotos a su alrededor y algún que otro corte, pero los dos estaban vivos. Ewan fue el primero en reaccionar y se apartó de encima de ella para no asfixiarla. Sólo faltaría que sobreviviera a una explosión para luego terminar aplastada debajo de él.

—¿Estás bien? —le preguntó, recorriéndole el cuerpo con las manos en busca de heridas.

—Sí, ¿y tú? —respondió ella.

Vio que Ewan se había transformado por completo. Tenía los ojos negros, los pómulos pronunciados, y dos colmillos se insinuaban en la encía superior.

—Sí. —Se puso en pie y la ayudó a levantarse—. Tenemos que irnos de aquí cuanto antes.

Corrieron hacia el todoterreno, que había aguantado impertérrito la explosión, y Ewan condujo hasta su casa sin decir nada. Aparcó con movimientos firmes y decididos y, en un tiempo récord, estaban los dos de nuevo en el salón de su apartamento.

Julia no sabía cómo reaccionar. Él parecía estar al límite, aunque no sabía exactamente de qué, y tampoco quería provocarlo. Lo vio dejar el ordenador de Stephanie, o lo que quedaba del mismo, encima de la mesa, y luego llamó a Mitch para contarle lo sucedido. Colgó con la promesa de que se verían al día siguiente, y luego fue al baño a por el botiquín y una toalla. Sin mediar palabra, se sentó frente a ella y se concentró en quitarle los pedacitos de cristal que se le habían incrustado en una mejilla. Llevaban así cinco minutos cuando ella decidió que no podía soportarlo más y le aferró la muñeca.

—Ewan, para un segundo. —Él se detuvo, pero mantuvo la mirada fija en el algodón con antiséptico—. ¿Qué te pasa?

—¿Que qué me pasa? —estalló de repente—. Me pasa que esta noche podrías haber muerto.

—Tú también —señaló ella, pero Ewan la miró como si ése fuera un detalle sin importancia.

—Podrías haber muerto y yo jamás habría sabido lo que

se siente al darte un beso por las mañanas. Jamás te habría hecho el amor. Ni nos habríamos peleado por ir a recoger a los niños. No te habría visto nunca desnuda bajo la luz de la luna… —Se le quebró la voz—. Y, yo, ya sé que no quieres hablar del tema, que crees que eso del destino…

Julia le colocó dos dedos en los labios para hacerlo callar.

—Ewan, creo que tienes una lista de tareas pendientes demasiado larga como para perder el tiempo hablando, ¿no crees? —Vio que él la miraba atónito y añadió—: Yo que tú, empezaría por lo de los besos y lo de hacer el amor. Los otros puntos de la lista ya…

Esta vez fue ella la que se quedó sin habla, pues él decidió callarla con sus labios. Sin dejar de besarla, la cogió en brazos y la llevó hasta el dormitorio, donde la desnudó igual que si fuera el más precioso de los regalos.

—Tócame —le pidió Ewan, incapaz de contenerse. Necesitaba sentir las manos de Julia en su piel, saber que estaba allí de verdad y que no era fruto de su imaginación—. Tócame, por favor.

Ella lo hizo. Le acarició primero la cara y luego deslizó las manos hacia abajo para desabrocharle la camisa. El Ewan de sus sueños era puro músculo, pero el que ahora tenía encima no sólo emanaba fuerza, sino también calor y pasión. Su piel era tersa y brillante, y temblaba cuando ella lo acariciaba. Julia no pudo evitar pensar en un semental. De pequeña, había montado a caballo, y lo más parecido que había visto a un potro de carreras era Ewan. Desprendía fuerza, poder, convicción, pero a la vez ternura. Cuando le desabrochó el último botón, él se apartó un instante para deshacerse de la prenda y aprovechó también para quitarse los pantalones, así que cuando volvió a tumbarse lo hizo sólo en calzoncillos.

—Me gustaría ser capaz de ir despacio —le dijo en voz baja, mirándola de aquel modo que a Julia la dejaba sin aliento—, pero no sé si podré.

Ella se lamió el labio inferior y se sinceró.

—Yo nunca he hecho esto antes.

—¿Esto? —A Ewan se le hizo un nudo en la garganta de emoción, pero decidió no precipitarse—. ¿El qué, desnudar a un hombre?

—Sí, bueno, no sólo eso. —Se sonrojó de la cabeza a los pies—. Yo soy virgen. Nunca he estado con un hombre.

Ewan tragó saliva y, despacio, levantó una mano para acariciarle la mejilla. Hacer el amor con Julia era más de lo que se había atrevido a soñar jamás, pero que ella fuera virgen, que nunca hubiera estado con otro, despertó en él un instinto que ni siquiera sabía que tenía. Ella iba a ser suya. Sólo suya. Dios, podría tener un orgasmo sólo con pensarlo.

—¿Estás segura?

—Estoy segura.

—¿De verdad? Si quieres, podemos esperar —le ofreció, pero tuvo que apretar la mandíbula para no gritar.

—De verdad. No quiero esperar. Quiero hacer el amor contigo. Ahora. Aquí.

Ewan decidió no volver a preguntárselo. A él nunca se le había dado bien expresar sus sentimientos y tenía miedo de asustarla con la intensidad de lo que estaba sintiendo, así que optó por besarla. Le haría el amor como nunca antes se lo había hecho a nadie. Quizá ella fuera virgen físicamente, pero él, por su parte, podía jurar que nunca había entregado su cuerpo ni su corazón a nadie. Y eso era lo que iba a entregarle a ella.

Terminó de desnudarla, repitiéndole una y otra vez lo preciosa que era, besando cada centímetro de piel que iba quedando al descubierto, acariciando cada curva. Tenía la piel más blanca y suave que hubiera visto nunca y Ewan tembló. Y como a ella no pareció importarle, tembló todavía más. Le recorrió las piernas a besos, aprendiéndose de memoria el camino hacia el interior de su cuerpo. Registraba cada gemido, cada suspiro de placer que escapaba de los labios de ella, y utilizaba ese conocimiento para atormentarlos a ambos.

Las inexpertas pero al mismo tiempo atrevidas manos de Julia se deslizaron por la espalda de Ewan en busca de la cinturilla de sus calzoncillos, y tiró de ella hasta que él comprendió que quería que se desnudara. Luego, le acarició las nalgas y Ewan no pudo evitar moverse encima de ella en busca de más placer. Nunca había estado tan excitado, y su erección anhelaba desesperadamente hundirse en su calor, pero antes quería asegurarse de que estaba preparada. Le dio cin co, veinte, infinitos besos en los labios, el cuello, los pechos, y fue descendiendo hasta su sexo, cuyo calor lo atraía sin remedio. Hundió el rostro en la entrepierna de ella y no le dio tiempo a reaccionar. Jamás había probado nada tan maravilloso, y no iba a dejar de besarla, lamerla, poseerla, hasta que ella le suplicara que parase. Le sujetó las caderas con las manos y siguió besándola, devorándola, al mismo tiempo que su erección se apretaba más y más contra las sábanas, al borde del orgasmo. Ewan nunca había terminado de ese modo, pero supuso que con Julia todo era posible, y no le importó;

por primera vez en toda su vida estaba tan entregado a la otra persona que lo único que quería era que ella sintiera placer. A él le bastaría con eso.

Siguió besándola hasta que Julia empezó a temblar y a gemir su nombre, y entonces se apartó un poco para hundirle los colmillos en la parte interior del muslo, cerca, muy cerca de su sexo. Nunca antes había hecho nada parecido, de hecho, nunca se había acostado con una mujer convertido en guardián. Y sí, pensó en medio de la pasión, su primo tenía razón. Era incomparable. Cuando sintió que el orgasmo de Julia empezaba a retroceder, soltó el delicado muslo que tenía entre los labios y se colocó encima de ella.

—Ewan —susurró, acariciándole la cara—. Hazme el amor.

—¿Estás segura? A partir de aquí no hay vuelta atrás. Nunca te dejaré ir.

—Estoy segura, yo tampoco te dejaré ir a ninguna parte.

Él cerró los ojos en un intento por recuperar algo de calma, aunque sólo fuera la justa para no abalanzarse sobre Julia como un animal en celo, y fue hundiéndose en el interior de su cuerpo con lentitud. «Dios.» Se mordió el labio inferior y una gota de sangre le resbaló por la barbilla. Aquello era increíble. Su cuerpo lo envolvía igual que cera ardiendo, suave y caliente. Movió tentativamente las caderas y se topó con la barrera que señalaba que nadie había estado allí antes, y si eso no hubiera bastado para hacerle perder el control, justo en ese instante, Julia levantó una mano y capturó la gota de sangre que él tenía en la barbilla. Ewan abrió los ojos, impaciente por ver qué pretendía hacer ella, y cuando se llevó el dedo a los labios y lamió la sangre, se estremeció de placer.

—Ahora los dos estamos dentro del otro —susurró Julia.

Y, con esa frase, Ewan la hizo suya para siempre. Arqueó las caderas, adaptándose al ritmo que marcaban las de ella, mientras le acariciaba los pechos, las piernas, cualquier parte que pudiera alcanzar con sus frenéticas manos, y cuando sintió que Julia volvía a temblar de placer, se dejó ir y se permitió poseerla como deseaba, como le exigía el guardián. Julia fue al encuentro de sus embestidas y pronto los dos gritaron el nombre del otro. Una promesa hecha a los dioses, a quien fuera que los hubiera destinado a estar juntos.

19

Ewan nunca se había despertado con nadie a su lado y tenía que reconocer que era una sensación maravillosa, y que se alegraba de haberlo hecho sólo con Julia. No quería que sus amaneceres se vieran enturbiados por los recuerdos de otra persona, quería que su memoria entera le perteneciera sólo a ella. Miró el despertador y vio que tenía que levantarse.

Mitch había sugerido que Julia no fuera al trabajo, que se buscara cualquier excusa y que se quedara en casa. Él mandaría a aquellos dos policías para que vigilaran. A Ewan no le hacía ninguna gracia tener que separarse de ella, aunque sólo fuera por unas horas, pero su amigo tenía razón: a Julia le iría bien descansar y, tal vez así, Ewan descubriera cuál de los miembros de su equipo la había traicionado.

—Buenos días —farfulló ella con voz adormilada.

—Buenos días —replicó él, agachándose para darle un beso—. Voy a ducharme, pero tú puedes volver a dormirte. —Julia enarcó una ceja y Ewan se lo explicó—: Mitch cree que es mejor que no aparezcas hoy por Vivicum Lab. —Omitió la parte de que sospechaban de alguno de sus compañeros y esperó a que ella dijera algo.

—Está bien —suspiró, y cerró los ojos para volver a quedarse dormida.

Ewan salió con cuidado de la cama y se duchó haciendo el menor ruido posible, aunque se moría de ganas de ponerse a cantar y a gritar a los cuatro vientos que estaba enamorado. Cogió la esponja y el jabón y, cuando volvió la cabeza hacia el lado izquierdo, vio que el tatuaje había empezado a aparecer en su brazo. Brillaba con intensidad y, aunque por el momento sólo eran unos trazos, le ocupaba casi todo el bíceps.

Siempre había creído que si algún día llegaba a verlo se asustaría, o que se arrepentiría de haberlo hecho aparecer, pero lo único que sentía era satisfacción y orgullo. Sí, se sentía orgulloso de lucir una marca que indicaba que había encontrado a su alma gemela, a una mujer que lo completaría hasta el fin de los días y a la que él le había entregado su corazón y su destino. Julia iba a ser la guardiana de su destino.

Él era un guardián de Alejandría, y, según la leyenda, tendría que enfrentarse a un gran reto, pero ella era la guardiana de su alma, de su cordura, de su corazón.

Salió de la ducha y se quedó mirando el tatuaje reflejado en el espejo. Era precioso, y al imaginarse a Julia recorriéndolo a besos se excitó sin poder remediarlo. Consciente de que por el momento no podía hacer nada al respecto, se vistió y regresó al dormitorio. Ella seguía dormida, pero la despertó con un beso. No quería irse de allí sin despedirse.

—Julia, cariño. Voy al trabajo, te llamaré al mediodía.

—Claro —respondió ella medio adormilada—. Ten cuidado.

—Lo tendré. Tú también; recuerda que abajo están los policías. Si ves algo raro, no dudes en llamarlos, y luego llámame a mí, ¿de acuerdo?

—De acuerdo —le prometió Julia.

Ewan le dio otro beso. No quería irse de allí y tenía el mal presentimiento de que si se alejaba de ella algo malo iba a suceder. En un impulso, abrió el primer cajón de la mesilla de noche y sacó una cadena de plata de la que colgaba un viejo silbato del mismo metal. Siempre había odiado ese objeto, era el silbato que había utilizado el guardián que había ido a matarlos a él y a su hermano cuando eran pequeños. Su padre había insistido en que se lo quedara, y también su abuelo, pues ambos tenían la teoría de que algún día comprendería que había hecho lo correcto al defender a Daniel y a sí mismo de aquel modo.

Ewan no lo veía así, pero sin saber por qué sintió la necesidad de entregarle ese recuerdo a Julia. Seguro que ella sabría cuidarlo, y seguro que a su lado terminaría por entenderlo. Sin cuestionárselo más, le pasó la cadena por la cabeza y se levantó de la cama. Seguro que tenía cara de idiota, pensó, pero justo entonces oyó que Julia susurraba:

—Te amo, Ewan.

A él se le hizo un nudo en la garganta, pero no dijo nada. No sabía si lo había dicho consciente, y tampoco quería ponerla en un compromiso, se dijo. Cuando todo aquello terminara, le organizaría una cena romántica y se declararía como es debido. Sí, quería tener una historia que contar a sus nietos, pensó feliz mientras bajaba la escalera.

Durante la mañana, tuvo que hacer verdaderos esfuerzos para no llamar a Julia a cada momento y preguntarle cómo estaba, y no consiguió dejar de pensar en ella hasta que empezó a oír una voz en su cabeza. Y no era la de su conciencia, pues ésa la conocía de sobra. No, era la voz de ¿Dominic?

«Joder, por fin lo he conseguido», pensó Dominic. Llevaba días tratando de ponerse en contacto con Ewan y no lo había logrado. La telepatía era un don muy extraño entre los guardianes, y los pocos que lo tenían eran en general los más antiguos, o bien los que estaban destinados a ocupar un lugar en los anales de la historia. Y en el caso de Dominic y Ewan se cumplían ambas condiciones, siempre que el testarudo de su amigo hubiera decidido asumir su naturaleza de guardián de una vez.

—Ewan, por fin te dignas a contestarme —le dijo con la mente.

—¿Dom? —Ewan trató de comunicarse del mismo modo.

—El mismo.

—¿Se puede saber dónde estás? —Hablar con la mente era extraño, y empezaba a sentir dolor de cabeza.

—El dolor de cabeza es normal —le explicó el otro—. ¿Te importaría mucho ayudarme a salir de aquí? Me tienen encerrado en un sótano de tu laboratorio, y estoy harto de que me pinchen y me saquen sangre.

El tono de Dominic era relajado, pero Ewan no se dejó engañar, su amigo lo estaba pasando mal. No sólo se lo oía agotado, sino también abatido y triste.

—No te preocupes, en seguida voy.

—Date prisa, no tengo mucho tiempo.

Ewan supuso que Dominic había interrumpido la comunicación por algún motivo, y fuera el que fuese no debía de ser nada bueno, así que no perdió el tiempo y llamó a Mitch.

—¿Qué estás haciendo? —le preguntó un asustadizo científico a Dominic.

—Decorando la habitación, no te jode. ¿A ti qué te parece que estoy haciendo? —respondió el guardián en su tono habitual para no despertar sospechas. Fuera de allí él no solía ser malhablado pero que lo encadenaran y lo drogaran había terminado con sus modales.

—Acércate —le ordenó el tipo—, te toca otra dosis.

—Ven a buscarme —le retó Dominic, harto ya de todo. Quizá perder la calma ahora que por fin lo habían encontrado no fuera la opción más inteligente, pero ya no podía más. Y se negaba a que uno de esos esbirros le diera órdenes.

—Vaya —dijo el científico, sacándose una jeringa del bolsillo de la bata—, y yo que quería contarte novedades acerca de tu antigua compañera de cautiverio.

Claire. Dominic sabía que probablemente todo aquello era sólo una estratagema para conseguir que se acercara a los barrotes, y a pesar de eso dio un paso hacia ellos, y otro, y otro, hasta detenerse justo delante.

—¿Dónde está? —Apretó la mandíbula. Los colmillos llevaban días apareciéndole con preocupante facilidad y ahora amenazaban con atravesarle la mandíbula de lo largos y afilados que le crecían. Las vértebras superiores ya se habían dislocado y estaba convencido de que si no fuera por la jaula en la que estaba encerrado, el hombre que tenía enfrente estaría muerto en medio de un charco de sangre.

—Acerca el brazo.

Dominic se lo tendió sin dudarlo e impertérrito aguantó la inyección.

—¿Dónde está? —repitió.

—No lo sé —respondió el mísero científico, y cometió el error de no apartarse con suficiente rapidez.

El acero de las garras de Dominic brilló bajo los fluorescentes del laboratorio segundos antes de estrujar el cuello de aquel imbécil.

—Te he preguntado dónde está —volvió a decir el guardián, y esta vez no ocultó los colmillos sino que sonrió para que Robert, según el nombre de la placa que colgaba del bolsillo izquierdo de la bata, los viera.

—No lo sé. Lo juro —añadió al ver los afilados dientes.

—Dime qué sabes. —Dominic apretó un poco más.

—Sigue en Inglaterra, pero pronto se la llevarán a Estados Unidos —farfulló, pues la falta de oxígeno empezaba a afectarlo.

—¿Adónde? —Dominic le mostró la misma clemencia que le habían venido mostrando ellos.

—A Nueva York… no puedo respirar.

—¿Y te crees que me importa? —Dominic se asustó al darse cuenta de que de verdad no le importaba lo más mínimo. Él no era así, cerró los ojos unos segundos y trató de buscar algún ápice de remordimiento en su interior. Ninguno. Y apretó todavía más fuerte.

—¿Qué me has inyectado? —Zarandeó al hombre al ver que apenas reaccionaba—. ¡Dímelo! —Un pensamiento horrible le cruzó por la mente—. ¿También se lo disteis a ella?

—No puedo respirar… —Robert tenía la mirada desenfocada y con las manos trataba inútilmente de aflojar la garra de Dominic.

—Dime qué habéis hecho con ella o te aseguro que te mandaré al infierno.

—Tú ya estás en él —le dijo el científico con extraña claridad—. Nunca la encontrarás, y si la encuentras…

—¡Si la encuentro qué! —Furioso al pensar en lo que podían estar haciéndole a Claire, apretó de nuevo.

—Será demasiado tarde.

Dominic cerró los dedos con determinación y no se detuvo hasta notar que las vértebras se desencajaban. Aquel pequeño e insignificante «click» marcó el fin de la existencia de esa rata y, aunque Dominic seguía sin arrepentirse de ello, regresó hasta su cama tambaleándose y se llevó las manos a la cabeza. «Date prisa —le suplicó mentalmente a Ewan—, tengo que salir de aquí».

Por suerte para todos, Mitch tuvo una de sus geniales ideas y, tras pedir un par de favores, consiguió que dispararan la alarma de radiación de Vivicum Lab, con lo que los laboratorios se vieron en la obligación de ser evacuados. Una vez allí, Mitch y Ewan formaron parte del solícito equipo de rescate y fueron corriendo al sótano en el que estaba encerrado Dominic. Tal como Mitch había sospechado basándose sólo en su intuición, Cochran era un cobarde y se había ido de allí sin ningún remordimiento, así que dieron con la celda del guardián sin tener que sortear ningún otro contratiempo. Les costó un poco hacer saltar el sistema de seguridad, pero gracias al propio Dominic, y a la fantástica pero agotadora telepatía, consiguieron abrir las puertas de acero.

—No sabéis cuánto me alegro de veros, chicos —farfulló el guardián al abrazarlos—. Salgamos de aquí. —Y por suerte para Dominic, ni Ewan ni Mitch le hicieron ninguna pregunta acerca de Robert, el científico que yacía desnucado frente a su celda.

Rufus Talbot observó atento las imágenes que le llegaban del laboratorio. Había mandado instalar una cámara al inicio de todo el proyecto, para así monitorizar todas las respuestas del sujeto, y mira por dónde, ahora veía en vivo y en directo cómo se escapaba. Talbot y el doctor Cochran estaban en una reunión con los nuevos emisarios del ejército de las sombras cuando se disparó la alarma del laboratorio. Convencido de que se trataba de otra de aquellas molestas pruebas que les hacía pasar el gobierno no le hizo demasiado caso y terminó con la visita; después del fiasco de Rakotis tenía que recuperar mucho terreno en lo que se refería al favor de lord Ezequiel. Cuando los emisarios se fueron, no sin antes recordarle que cada vez tenía menos margen de error, fue a su despacho para comprobar las imágenes que seguro que había recibido de la falsa alarma, y al verlas se quedó atónito. Al parecer un guardián y un vulgar humano habían disparado la dichosa alarma y habían conseguido burlar su carísimo sistema de seguridad. Una hazaña encomiable. Tenía que reconocer que el plan tenía su gracia, y si no fuera porque por fin había descubierto quién estaba ayudando a Julia Templeton se habría puesto furioso.

Ewan Jura. Se rió. El mismísimo Ewan Jura había estado trabajando en sus laboratorios sin que él se enterase, lo cual no era de extrañar, pues no lo veía desde que era pequeño, pero había oído rumores acerca de su estrecha amistad con Dominic Prescott.

Sí, no cabía duda, Ewan Jura había ido a rescatar a su amigo del alma. Y ahora él le arrebataría algo igual de importante.

Talbot buscó la dirección de Ewan en la base de datos de

la empresa, y aunque se había cambiado el apellido, no tardó en encontrarlo. Y fue personalmente a buscar a la señorita Templeton. Le apetecía tener compañía, y, además, tenía que hacerse con una nueva cobaya cuanto antes.

20

Ewan apretó el acelerador y se alejó de allí a tal velocidad que el todoterreno derrapó un poco.

—Ahora que he salido de ese infierno preferiría no morir, si no te importa —dijo Dom desde el asiento trasero. Tenía los ojos cerrados y la cabeza recostada contra el respaldo, así que Ewan, que lo vio por el retrovisor, supuso que su amigo no estaba tan afectado por su manera de conducir.

—Ten cuidado, Ewan, bastantes problemas tendré ya para explicar lo del tipo muerto que había frente a la celda de Dominic como para que además tenga que justificar un accidente de circulación — intervino Mitch. Dominic siguió sin inmutarse—. No nos sigue nadie —añadió.

—Por ahora —farfulló Ewan.

—Y en la comisaría me llaman paranoico, si ellos supieran.

—Creo que lo mejor será que vayamos a tu casa, Mitch —sugirió Ewan—. A ti no pueden vincularte con el clan y Dom necesita un lugar en el que recuperarse.

—Está bien, pero no esperes encontrarte con un servicio cinco estrellas.

—Cualquier antro será mejor que esa celda. Y no te preocupes, no me quedaré demasiado —dijo Dominic.

—¿Adónde piensas ir? —Ewan dio un golpe al volante—. ¿Cómo diablos dejaste que te capturaran? Se supone que tienes mil años, o más, y que eres casi invencible.

—Casi.

—Vamos, Ewan, déjalo. Será que está perdiendo facultades.

—Claro.

—Queréis hacer el favor de callaros, yo…

Un disparo interrumpió la explicación de Dominic.

—¿Qué diablos ha sido eso? —preguntó Mitch.

—Si tienes que preguntarlo es que la policía de Londres está mucho peor de lo que creía —se burló Dominic.

Otro disparo les quitó las ganas de bromear y en pocos segundos aparecieron dos motos negras. Los conductores también iban vestidos completamente de negro y cada uno llevaba una pistola que disparaba con peligrosa precisión.

—¡Joder! ¿De dónde han salido? —maldijo Mitch.

—Si quieres se lo pregunto —dijo sarcástico Ewan—. Haz el favor de quitármelos de encima. ¡Y, tú, Dom, agáchate!

Mitch bajó la ventana del lado del acompañante y desenfundó su arma. Esperó a que los dos motoristas dispararan y justo entonces sacó la mano, apuntó y disparó. Falló. Nunca había visto unas motos como ésas… un momento. Sí que había visto unas motos como ésas. Una en concreto.

—¡Maldita sea, Mitch! —se quejó Ewan—, se están acercando. Y creo que uno me ha dado en una rueda.

La mente de Mitch estaba descontrolándose con tantas conjeturas. ¿Simona le había tendido una trampa? Respiró hondo y volvió a sacar la parte superior del cuerpo para disparar a sus perseguidores. Dos disparos. Un acierto.

Aparecieron dos motoristas más, y a él le quedaba sólo medio cargador. Se oyó otro disparo y un motorista se precipitó al suelo. Mitch buscó de dónde había salido la bala y vio una moto negra pegada al todoterreno. El conductor también iba vestido de negro, pero por debajo del casco se escapaba un mechón de pelo rubio. Simona.

Simona apretó los muslos contra el sillín y levantó de nuevo el arma. Acertó pero el matón de lord Ezequiel siguió conduciendo. Se giró en busca de Mitch, que todavía no se había metido en el coche. Furiosa se levantó la visera.

—¡Métete dentro!

—¡Vete de aquí!

Los dos ignoraron sendas peticiones y siguieron disparando y esquivando balas. La conducción de Ewan también estaba surtiendo efecto, pues el guardián había conseguido que el coche recibiera lo mínimo.

—¿Quién es? —preguntó Dominic por encima del ruido que provocó una de las lunas al romperse.

—No tengo ni idea —respondió Ewan—, pero tengo mis sospechas. Sigue agachado.

—Joder. Se te da fatal esto de los rescates.

—Cállate, o te obligaré a contarme lo que te ha sucedido allí dentro. Y no me refiero a lo que te ha hecho Talbot.

—No sé de qué estás hablando. Limítate a conducir.

Ewan giró bruscamente y el coche derrapó un poco.

—Si te consuela —le dijo cuando volvió a enderezarlo—, a mí me ha sucedido lo mismo.

Dominic se incorporó un poco y se fijó en su amigo. Los cambios eran casi imperceptibles pero ahí estaban, y también había que tener en cuenta lo de la telepatía.

—Me alegro —le dijo Dominic, sincero.

—Y yo.

—Y ahora déjate de cuentos y sácanos de aquí. Creo que Mitch se ha quedado sin balas.

Mitch miró el cargador como si así pudiera hacer aparecer más munición y soltó una maldición.

—Métete dentro de una vez.

—¡Dame una arma!

Simona le lanzó el rifle que empuñaba y se levantó de nuevo la visera.

—Tengo una idea —le dijo después de mirar a los dos motoristas que todavía los seguían.

—No. —A Mitch le bastó con un segundo para saber qué pretendía hacer—. Ni se te ocurra.

—En seguida vuelvo.

Simona paró casi en seco y giró la moto ciento ochenta grados. Apretó el manillar y dio gas, dirigiéndose a toda velocidad hacia los dos tipos.

Mitch se metió en el coche y casi le arranca el volante a Ewan.

—¿Pero qué te pasa?

—Tenemos que ir a ayudarla —le ordenó frenético.

—No creo que haga falta —dijo Dominic, que se había dado media vuelta para mirar hacia atrás.

Simona mantuvo el rumbo fijo y, sujetando la moto con una mano, con la otra desenfundó una larga catana que llevaba colgada a la espalda. Había recibido un par de balazos, pero tanto los soldados del ejército que la habían disparado como ella sabían que no iba a morir. Ser un bicho raro tenía sus ventajas. Bajó el sable hacia el asfalto y saltaron las chispas. Lo levantó de nuevo y con un movimiento seco decapitó al primer motorista. La cabeza golpeó el suelo, y la moto se desplomó descontrolada hacia el pavimento, dio unos tumbos y terminó estrellándose contra el otro perseguidor. Simona esperó a que las dos motocicletas se detuvieran en el asfalto y luego paró la suya. Bajó despacio y empuñando la espada se dirigió hacia el sobreviviente. Llegó frente a él y vio que estaba vivo.

—Lord Ezequiel te matará por esto, Babrica —dijo, y escupió sangre.

—Lo sé. —Y le cortó la cabeza.

Ewan, que también había detenido el coche, volvió a ponerlo en marcha, y antes de que Mitch se lo ordenara retrocedió hasta donde estaba la motorista samurái.

—Me temo, Mitch, que vas a tener que ser muy creativo para justificar a dos tipos decapitados en medio de una carretera —dijo Dominic.

Mitch no reaccionó, pero cuando Ewan aminoró la marcha para acercarse saltó del coche antes de que se detuviera.

—No os mováis de aquí —dijo antes de salir corriendo hacia Simona.

Acababa de matar a tres de los hombres de lord Ezequiel. Acababa de traicionar a su gente, y todo porque había descubierto a última hora que su señor tenía bajo vigilancia los laboratorios de Talbot, y eso implicaba que presenciarían la intrusión de Buchanan y su amigo, y que el humano correría peligro... Lanzó la cerilla al reguero de gasolina que emanaba del depósito de la moto accidentada y se quitó el casco. ¿Las llamas del infierno serían como aquéllas?

—¡Apártate! —gritó Mitch desde la distancia.

Simona había traicionado a su mundo entero sólo porque en los diarios de su madre había leído que el amor a primera vista existía y que una tenía que luchar por defender los dictados de su corazón. Era una estúpida. Su madre llevaba muchos años muerta, y había muerto sola, repudiada por el hombre que había prometido amarla para siempre. Sin embargo, todos los recuerdos que tenía de ella eran los de una mujer cariñosa, convencida de que el amor existía y que era capaz de afectar al corazón más frío. Y eso le había pasado a ella en ese maldito callejón. Los ojos del detective Buchanan habían derribado en pocos segundos el muro de frialdad que rodeaba su corazón, y aunque se moriría si a él le sucediera algo, también era verdad que se mataría antes de confesárselo. Ella tenía más de doscientos años y había cometido verdaderas atrocidades a lo largo de sus distintas vidas, por no mencionar el pequeño detalle de su problema físico. ¿Qué hombre querría estar con una virgen frígida? Él era policía y ella había cometido más crímenes de los que él podría llegar a resolver durante toda su carrera. No, nunca le diría nada.

Las motos explotaron y ella cayó al suelo. Con Mitch encima. La había lanzado al suelo para protegerla y estaba cubriéndola con su cuerpo.

Se oyeron dos pequeñas explosiones más y entonces Mitch se incorporó un poco, pero no se apartó.

—¿Qué diablos pretendías hacer? ¿Acaso quieres que te maten?

—Quítate de encima, Buchanan —le dijo, aunque no esperó a que lo hiciera y lo empujó, no porque no le gustara, sino porque le gustaba demasiado y no tenía armas con las que enfrentarse a aquella sensación.

Mitch se apartó y la ayudó a levantarse, a pesar de que ella trató de impedírselo.

—¿Quiénes eran esos tipos?

—Nadie —respondió Simona—. Es mejor que no lo sepas.

—Yo decidiré lo que es mejor para mí —replicó Mitch, que tenía serios problemas para no zarandearla. Quizá se debiera a su profesión, o quizá fuera un anticuado, pero él era de los que creían que los hombres debían proteger a las mujeres, y no al revés—. ¿Quiénes eran?

—Nadie. No eran nadie. —Eso no era del todo mentira, los soldados rasos del ejército de las sombras no eran nadie.

—Está bien, lo intentaré de otro modo. —Se pasó las manos por el pelo—. ¿Quién eres tú? Y no me digas que nadie.

La sirena de un coche de policía acercándose los interrumpió.

—Tengo que irme —dijo Simona agachándose para recoger el casco.

Mitch se agachó frente a ella y le sujetó la barbilla con el pulgar y el índice de la mano derecha.

—¿Volveré a verte?

—No lo sé. —Iba a decirle que no. Tendría que haberle dicho que no, pero supo que algún día querría volver a verlo.

La sirena sonó más fuerte y ninguno de los dos hizo el gesto de levantarse. Allí agachados era como si no estuvieran, igual que dos niños pequeños escondidos debajo de una manta.

Mitch se acercó hacia ella y rozó los labios de Simona con los de él. Cerraron los ojos. Él porque quería capturar aquel instante, y ella porque quería, necesitaba, resignarse a perderlo.

—Vete —le dijo Mitch al apartarse—. Tú nunca has estado aquí.

Simona asintió y se levantó. Corrió hacia su moto y se puso el casco, e instantes más tarde había desaparecido. Mitch inspeccionó la escena con la mirada y comprobó que la explosión se había encargado de facilitarle las cosas; ahora podía decirles a esos policías que él y sus amigos, un médico y un profesor universitario, habían quedado atrapados en medio de una pelea de bandas de la que por suerte habían salido ilesos.

Curioso. No le veía ningún problema en explicarles a unos agentes cómo había ido a dar con los motoristas más sanguinarios de toda Inglaterra, y en cambio era incapaz de entender lo que le sucedía con esa mujer. Lo mejor sería que resolvieran todo aquello cuanto antes y que su vida, y su corazón, volvieran a la normalidad.

21

Ewan dejó a Dominic y a Mitch en casa del segundo y condujo a toda velocidad hasta su apartamento. No podía quitarse de encima la sensación de que algo horrible le había sucedido a Julia, y no se tranquilizaría hasta que la viera. Aparcó sin ninguna consideración, ni hacia el tráfico ni hacia su propio coche, y subió los escalones de dos en dos, mordiéndose la lengua para no gritar su nombre. Se detuvo frente a la puerta y se le paró el corazón.

Lo primero que vio fueron los cadáveres degollados de los dos policías que Mitch había asignado para la protección de Julia. Los dos jóvenes habían llegado a desenfundar sus armas, pero no les había servido de nada. A juzgar por los cortes que les desgarraban la garganta, no habían tenido ni la más remota posibilidad. Esquivó los dos cuerpos y, ahora sí, gritó el nombre de Julia. No obtuvo respuesta, pero encima de la mesa de la cocina había una nota.

«Si quieres volver a ver a tu amiguita con vida, ven solo a los laboratorios. Te estaremos esperando. Ni se te ocurra llamar a la policía ni a tu querida familia, o Julia se convertirá en el nuevo juguete de mis perros, ya sabes a qué me refiero.»

Ewan estrujó la nota entre los dedos. El muy canalla había tenido incluso la desfachatez de firmar con su nombre: Rufus Talbot. En letra clara y perfecta, por si a alguien le quedaba alguna duda. Ewan no se planteó desobedecer, así que sin dudarlo ni un segundo se dio media vuelta y regresó a Vivicum Lab. El edificio estaba desierto. El plan de Mitch había funcionado, demasiado bien incluso, y debido a la alarma de radiación no había nadie en la zona. Ewan bajó al sótano, dando por hecho que los laboratorios a los que se refería Talbot eran los mismos en los que había estado encerrado Dominic.

—¡Talbot, ya estoy aquí! —gritó—. Sal y da la cara.

—Señor Barnett, o debería llamarlo señor Jura, es un auténtico placer contar con su compañía. Sígame, por favor.

El que lo recibió en medio del pasillo como si de un jodido mayordomo se tratara no era otro que Lucas, el compañero de laboratorio de Julia y con toda probabilidad el traidor que había delatado sus pasos. Ewan siguió al desgraciado y se prometió que sería el primero al que mataría. No se recrearía demasiado con él, no merecía la pena. Guardaría todas sus fuerzas para Talbot. Lucas lo guió hasta un segundo laboratorio, idéntico al anterior pero todavía más oculto, y allí se encontró con un panorama desolador.

Julia estaba amordazada y atada a una silla. Era evidente que se había resistido, y que esos cerdos no habían tenido ningún reparo en abofetearla. Tenía el labio partido y una herida en la frente, justo encima de la ceja, que debía de haberle sangrado profusamente. A la camisa le faltaban varios botones, y las marcas de manos que tenía en el cuello tardarían en desaparecer. Ewan iba a matarlos. Lentamente. Detrás de ella estaban Talbot y un hombre con bata blanca. Cochran, ése tenía que ser Cochran.

—Soltadla ahora mismo —les ordenó al verla, y les mostró las garras para indicarles que iba en serio.

—No creo que estés en condiciones de exigir nada, Ewan —contestó Rufus—. Al fin y al cabo, tú te has llevado a mi conejillo de Indias, así que tenía que encontrarle sustituto cuanto antes.

—Estás loco —dijo él, buscando con la mirada la de Julia para cerciorarse de que estaba bien.

—No, qué va. Sólo soy un hombre de negocios.

—¡Un hombre de negocios! ¿Se puede saber qué pretendes? Esta droga que estás tratando de crear nunca funcionará; la sangre de los guardianes es inalterable. Tú deberías saberlo mejor que nadie.

—Cochran, creo que ha llegado el momento de demostrarle a nuestro invitado que se equivoca, ¿no te parece? —El científico fue en busca de unos botes de pastillas—. Había oído decir que eras muy inocente —prosiguió Talbot—, que ibas por ahí diciendo que nunca sucumbirías al guardián. Aunque veo que en eso se equivocaban, ¿no? —Lo recorrió con la vista, tomando nota de sus colmillos, del tatuaje, de las garras y de los ojos negros—. Pero en lo que no se equivocaban era al decir que eres un idiota. Tú y toda tu familia. Os negáis a ver lo que tenéis delante de vuestras narices. —Extendió las manos—. Los humanos nunca merecerán la pena. Su único valor es sólo como moneda de cambio.

—Deja tus discursos para quien quiera escucharlos, Talbot. —Quiso acercarse, pero se detuvo en seco al ver que éste ponía un bisturí junto al cuello de Julia—. Suéltala y quizá te deje vivir.

El otro chasqueó la lengua.

—No, Ewan, te equivocas. Aquí el que negocia soy yo. —Tendió una mano y Ewan vio que en la palma tenía tres pastillas—. Tómate esto y la señorita Templeton podrá irse.

Julia negó con la cabeza, le suplicó con los ojos que no lo hiciera. Él trató de pensar una alternativa, cualquier cosa que pudiera darle algo de ventaja, pero no se le ocurrió nada.

—Si me tomo las pastillas, ¿soltarás a Julia?

—Bueno, no exactamente. El doctor Cochran necesita anotar unos resultados, así que lo que quiero que hagas es que te tomes las pastillas y te sientes allí. —Le señaló una silla con sujeción en las muñecas y los tobillos—. Verás, si te sientas ahí y te tomas las pastillas, y esperas a que te hagan efecto, juro solemnemente que soltaré a la señorita Templeton. —Como muestra de sus intenciones, o para atormentar todavía más a Ewan, Talbot le quitó la mordaza a Julia.

—No lo hagas, Ewan —suplicó ella tras mojarse los labios que le habían quedado secos.

Ewan volvió a mirar a Julia y vio que una lágrima le resbalaba por la mejilla. No podía dejar de pensar en que esa mañana no le había dicho que la amaba, y todo porque quería esperar a que el momento fuera perfecto. Qué estúpido había sido. Siempre que estaba con ella todos los momentos eran perfectos. Ahora no podía decírselo. Ahora no. Tenía que encontrar el modo de salir de allí, y si la única forma era hacer de cobaya de aquel maníaco, pues estaba más que dispuesto a hacerlo.

Como si Talbot hubiese detectado sus dudas, en ese instante, hundió levemente el bisturí en la piel de Julia, hasta conseguir que le resbalara una gota de sangre. Y entonces, el muy cerdo, la capturó con un dedo y se la llevó a los labios.

—Deliciosa —dijo con lascivia.

—Está bien. De acuerdo —aceptó Ewan, y se encaminó voluntariamente hacia la silla.

—No lo hagas, Ewan, por favor. —Julia tragó saliva, ella no sabía qué hacían esas pastillas pero mientras esperaban la llegada de Ewan, Talbot y Cochran se habían estado relamiendo las manos acerca de lo fabuloso que sería poder ver por fin el efecto que tendrían en un espécimen como Ewan. Y eso no podía ser nada bueno.

Ewan ignoró sus súplicas y se sentó con la mirada al frente, como si tuviera incluso miedo de volver a mirarla. Las lágrimas de Julia le rompían el alma y sabía que tenía que mantener todas sus fuerzas si ambos querían salir con vida de allí.

Cochran no perdió ni un segundo y le ató las muñecas y los tobillos con precisión. Luego le acercó las tres pastillas y se las metió en la boca.

—Traga —le ordenó Talbot, y acompañó su orden con otro corte en la garganta de Julia.

Él tragó y no sintió nada. Aquellos dos idiotas creían haber dado con una droga letal y en realidad era más inofensiva que un placebo, pensó iluso, porque de repente todo cambió. Empezó a sudar, a tener frío, calor, hambre y sed al mismo tiempo. Una increíble euforia lo embargó y tuvo la sensación de que el guardián había desaparecido de su interior, como si la fuerza que emanaba de su alma se hubiera apagado. Era una sensación de lo más extraña. Y placentera. Era como ser un títere. Él no era responsable de nada, podía limitarse a seguir sus instintos, a vivir la vida sin ninguna preocupación; lo único que tendría que hacer sería seguir tomando pastillas de aquéllas. Soltó una carcajada. ¿Aquel sonido espantoso había salido de su garganta? Vio que Julia lo miraba horrorizada, mientras que Talbot y Cochran se felicitaban mutuamente, y no comprendió nada. Y tampoco le importó. Lo único que quería era seguir así para siempre.

Entonces, Talbot se le acercó y le susurró al oído:

—Es una sensación maravillosa, ¿a que sí?

Ewan asintió sin ser consciente de que lo hacía.

—Te gustaría seguir sintiéndola, ¿no? —le preguntó después—. Si quieres, puedes. Lo único que tienes que hacer es portarte bien conmigo. —Ewan ladeó la cabeza y lo miró—. Si haces todo lo que yo te diga, te daré tantas pastillas como quieras, todas las que desees. Te convertirás en el líder más poderoso de la historia de tu clan. Para ello, mi primer encargo es que te ocupes de la señorita Templeton. La pobre se ha convertido en un estorbo.

Ewan notó que Cochran le soltaba las correas y se puso en pie, pero no salió huyendo. Ni se abalanzó encima de ellos. Se quedó quieto, sudando, temblando. Algo dentro de él le decía que resistiera, que luchara, pero ¿contra qué? Talbot se acercó de nuevo a él y le habló pegado a su espalda:

—Mátala, mata a Julia y te liberaré de todos tus problemas, de todas tus dudas. Ya no tendrás que ser fuerte nunca más, no tendrás que preocuparte de nada.

«Pero tú querías preocuparte —le gritó el guardián que poco a poco iba ganando fuerza en su interior—. Tú querías despertarte con Julia durante el resto de tu vida. Tú la amas. Tú quieres llamar a tu padre y decirle que estás listo para ser el líder del clan. Tú eres Ewan Jura y naciste para amar a Julia y guiar a tu gente. Naciste para sobrevivir a este plenilunio y demostrar que los guardianes siempre serán leales a los humanos. Naciste para ser tú, y tu destino lleva años esperándote.» Sí, él era Ewan Jura, y jamás le haría daño a la mujer que amaba.

Fingió seguir bajo el efecto de la droga y se acercó a Julia. Ella lo miró con lágrimas en los ojos y luego los cerró, perdonándole por lo que creía que iba a hacer. Ewan ya sabía que el destino le había elegido a la mujer más valiente y maravillosa del planeta, pero en aquel momento descubrió que nunca la amaría lo suficiente.

Despacio, acercó las manos hacia ella y Julia se desmayó. Ewan aprovechó esa pequeña confusión para lanzarse encima de Talbot y arrebatarle el bisturí, y cuando lo desarmó esperó a que le mostrara las garras. Quería matarlo, pero también quería disfrutar con ello.

Talbot era sin duda un gran guerrero, sin embargo, no era rival para Ewan ni para la sed de venganza que éste sentía. Rufus y sus secuaces habían osado hacerle daño a Julia y ahora todos iban a pagar por ello. El otro guardián extendió sus garras al máximo y dejó al descubierto unos colmillos que seguro habían terminado con la vida de más de un inocente; y con su primer ataque trató de morder la yugular de Ewan. Éste lo esquivó y con la garra derecha le desgarró un costado. Una herida profunda pero no letal, aunque sangraba profusamente y le entorpecía los movimientos. Talbot retrocedió un poco y se llevó la mano del costado ileso al otro para palpar la sangre. Entrecerró los ojos y volvió a luchar, y esta vez fue directo al torso de Ewan. Le clavó una garra en la parte superior izquierda, a escasos centímetros del corazón, pero Ewan apenas se inmutó. Su abuelo y su padre tenían razón, él no era un guardián como los demás, y si no supiera que Julia ya no corría peligro seguramente podría pasarse horas torturando a Talbot y a cualquiera que hubiera hecho daño a su mujer, pero Julia estaba viva y él no podía sucumbir a sus instintos más oscuros. Jugó con Talbot el tiempo necesario para satisfacer su lado más sádico, y luego lo degolló sin ningún miramiento.

Acto seguido, fue a por Cochran y Lucas, y los dos perdieron la vida en cuestión de segundos. Con las manos llenas de sangre, recorrió a toda velocidad las instalaciones en busca de más enemigos, y cuando se cercioró de que no había nadie, regresó corriendo junto a Julia. Seguía inconsciente y, al ver la sangre en su cuello, Ewan deseó poder matarlos a todos de nuevo, pero como eso era imposible, tendría que conformarse con hacer estallar aquel jodido laboratorio. Sacó a Julia de la sala, destrozó todo lo que tuvo a su alcance y derramó todos los componentes químicos que tenía a la vista. En cuanto entraran en contacto con el fuego, aquello se convertiría en un infierno. Regresó al lado de Julia, la cogió en brazos y cuando la tuvo en su coche, esperó a que estallara el edificio y se alejó de allí sin mirar atrás.

Minutos más tarde llegó a su apartamento y telefoneó a Mitch para contarle lo sucedido. Éste lo insultó por no haberlo llamado antes, pero al final comprendió que no lo hubiera hecho y le dijo que no se preocupara por nada más, que él se encargaría de resolver cualquier conflicto que pudiera surgir con la policía. Antes de colgar, añadió que Dominic se había curado las heridas y se había ido sin despedirse. A Ewan no le extrañó; su amigo guardián tenía la misma mirada que él cuando descubrió que se habían llevado a Julia, así que supuso que no volverían a saber de él durante un tiempo. Ewan le dio las gracias a Mitch por todo, a lo que éste respondió con un «de nada, Lobezno».

Entonces, Ewan llamó a su padre e hizo lo más doloroso que había hecho nunca: abandonar a Julia.

22

Mitch se quedó mirando el auricular del teléfono durante unos segundos. Esa noche le habían disparado, algo que nunca lo dejaba indiferente; su mejor amigo había estado a punto de morir, por culpa de una droga de diseño, y juntos habían sacado de un laboratorio oculto en un sótano a un hombre que tenía más dos siglos, y sin embargo en lo único que no podía dejar de pensar era en el beso de Simona.

¿Por qué la había besado? No sabía nada de ella, excepto que le había salvado la vida y que al hacerlo había puesto la suya en peligro. También sabía que era una experta motorista, y letal con un sable oriental. Dejó el teléfono y caminó hacia el baño. Dominic se había curado allí, así que lo mejor sería que recogiera las toallas y el botiquín y se fuera a dormir. Quizá mañana lo vería de un modo distinto, se dijo. Quizá mañana dejaría de pensar en lo perfecto que había sido aquel beso. Entró en el baño y optó por darse una ducha y no recoger nada, aquel desorden no se iría a ninguna parte. Buscó un pijama y se metió en la cama.

Iba a ir a verlo. Después de aquel beso, Simona había quedado tan aturdida que había conducido casi sin pensar. En su mente fluyeron imágenes que había creído olvidadas. Su madre cantando y ella en el regazo de un hombre que la abrazaba. El mismo hombre entrando en una de las casas en las que ella había vivido y saliendo luego gritando de dolor. Ese hombre muerto delante de un edificio antiguo con letras cirílicas en la puerta principal. Demasiados recuerdos. No podía con todos. Detuvo la moto y se sentó en el arcén. Se quitó el casco y descubrió que estaba llorando. Si bastaba con un beso de Mitch para despertar todas aquellas sensaciones, no sabía si sería capaz de soportar algo más intenso. Los recuerdos seguían fluyendo. Simona no tenía ninguna duda de que la niña de esas imágenes borrosas que acudían a su mente era ella. Y la bellísima y sonriente mujer era su madre. ¿Qué significaba todo aquello? Volvió a ver a ese hombre muerto frente al mismo edificio ruso. Fuera donde fuese, era ruso y tenía algo que ver con la música, de eso estaba segura, segurísima. Tenía que ir allí. A Rusia. Después de lo sucedido no podía regresar con el ejército de las sombras, y le iría bien desaparecer un tiempo. Se puso en pie y se montó de nuevo en la moto. Nada ni nadie la retenían en Londres, nadie excepto Mitch. Y, sin cuestionárselo, regresó hacia la ciudad.

Mitch oyó un ruido y cogió el arma que guardaba en la mesilla de noche. Amartilló y buscó al intruso en medio de la oscuridad.

—Soy yo.

Le gustó que bastaran esas dos sílabas para identificarla.

—¿Qué haces aquí? —guardó el arma y fue a abrir la luz.

—No, no la enciendas —le pidió Simona.

—Está bien —accedió Mitch, a quien también le gustaba la intimidad que proporcionaban los escasos rayos de luna que se colaban por la ventana mal cerrada—. ¿Cómo has entrado? ¿Cómo has sabido dónde vivo?

—He entrado por el balcón, deberías ser más cuidadoso, no es nada difícil.

Mitch vivía en un séptimo, así que dudaba de que hubiera demasiada gente capaz de llegar hasta allí.

—Y sé muchas cosas sobre ti —siguió ella.

—Ya sabía yo que jugabas con mucha ventaja. —Sonrió—. ¿Por qué no te sientas? —Le ofreció que se sentara junto a él en la cama.

—No puedo. Me voy.

En el poco tiempo que hacía que la conocía, Mitch ya había aprendido que cuando se ponía nerviosa su primera reacción era salir corriendo, y que la mejor opción era no tratar de detenerla.

—De acuerdo —le dijo, pero apretó la sábana con las manos.

—Tengo que ir a Rusia —le explicó Simona sin dar ni un paso en dirección a la puerta, o a la ventana.

—¿A Rusia?

—Sí, necesito saber quién soy —le respondió utilizando el mismo verbo que él había utilizado para describirla, y confió en que Mitch lo comprendiera.

Lo hizo.

—¿Volverás?

—No lo sé—. Simona tenía miedo de averiguar que todavía era mucho peor de lo que se temía. ¿Y si era ella la que había matado a aquel hombre que veía agonizar frente a ese edificio antiguo?

—A mí me gustaría que volvieras —se arriesgó a decir él.

—¿Por qué? —Simona no pudo evitar acercarse a Mitch, el calor que emanaba la atraía, y lo más fascinante era que no tenía miedo de quemarse, sino que en realidad sabía que nunca podría encontrar un lugar mejor en el que estar.

—Porque si no vuelves te echaré mucho de menos.

—Buchanan…

—Michael —la interrumpió él—. Al menos llámame por mi nombre.

—¿Por qué?

—En el trabajo soy el detective Buchanan, mis amigos me llaman Mitch. —Decidió terminar de arriesgarse—. Nadie me llama Michael. Para ti quiero ser Michael. Es importante.

—Michael —susurró Simona—, yo…

—Calla, no digas nada. —Mitch se puso en pie y se acercó hasta donde intuyó que estaba ella—. ¿Cuándo te vas?

—Ahora.

—Esperaba tener algo más de tiempo para solucionar todo esto. —Levantó las manos y las colocó en las mejillas de Simona—. Tendré que esperar.

Mitch había trabajado durante bastante tiempo en la unidad de víctimas especiales, pero no hacía falta ser psicólogo para saber que a Simona le había sucedido algo muy grave, y que le daba miedo que alguien la tocara, así que fue acercándose despacio, dándole tiempo de sobra para que pudiera apartarse, si era eso lo que deseaba. Simona no se apartó, pero lo que de verdad dio esperanzas a Mitch fue que le colocara las manos sobre los hombros.

La besó igual que la vez anterior y cuando notó que los labios de ella se relajaban y empezaban a responderle, deslizó levemente la lengua en su interior. Quería que Simona supiera que la deseaba, pero también que estaba dispuesto a esperar a que ella sintiera lo mismo. Simona se quedó quieta, convencida de que el sudor frío no tardaría en aparecer, de que pronto querría apartar a Mitch —a Michael—, pero no sucedió nada de eso. Sus labios dejaron que los de él la acariciaran y poco a poco fue imitando la misma danza. Y no fue Simona la que al final interrumpió el beso.

—Tienes que irte —dijo Mitch con los ojos cerrados y sin dejar de abrazarla—. Estaré aquí cuando regreses.

—No puedes decir eso. No sabes cuándo regresaré.

—Estaré aquí.

—O quizá no sientas lo mismo cuando regrese y sepas… —Al darse cuenta de lo que había dicho se interrumpió—. No es que asuma que…

Mitch le colocó un dedo en los labios para hacerla callar.

—Estaré aquí. Te lo prometo. Me gustaría poder decirte que sé lo que está pasando, que lo entiendo a la perfección y que todo va a salir bien, pero no puedo. Lo único que puedo decirte es que puedes confiar en mí y que estaré aquí cuando regreses. ¿De acuerdo?

—De acuerdo.

—Ve con cuidado, y vete de aquí antes de que me arrepienta y decida ir a buscar mis esposas —la amenazó serio, pero suavizó las palabras con un ligero beso, y casi le da un vuelco el corazón cuando ella se lo devolvió.

Simona asintió y se dirigió hacia la puerta. La abrió y cuando la luz del pasillo le iluminó el rostro, dijo en voz baja:

—Adiós, Michael.

Mitch pidió fuerzas para resistir la tentación de ir tras ella.

Después de irse del apartamento de Mitch, Dominic fue a su casa a buscar ropa limpia, pasaportes, en plural, dinero, dólares básicamente, tarjetas de crédito y su ordenador. Bajó al garaje, se montó en su coche y salió hacia la costa. «Encontraré a Claire —se dijo a sí mismo—. Todo saldrá bien», se repetía una y otra vez, pero por más que lo intentaba no podía quitarse de la cabeza lo que le había dicho aquella rata de laboratorio antes de morir. No era demasiado tarde. Si el destino se atrevía a entregarle al amor de su vida sólo para arrebatárselo antes de conocerla siquiera, iban a tener que verse las caras.

Esa misma noche, aunque en diferente zona horaria, Simon Whelan tampoco tenía demasiada suerte. Durante la semana habían aparecido dos chicas muertas en una de las ciudades dormitorio cercanas a Nueva York. Igual que en los casos de Europa, carecían de pruebas, y la policía había llegado a la errónea conclusión de que la causa del fallecimiento era la sobredosis. Para empeorar las cosas, esa mañana habían encontrado ahorcado a uno de los empleados de la sucursal que la empresa Whelan tenía en Japón. Eso en sí ya era una tragedia, pero además el hombre en cuestión le había dicho a Simon que quería reunirse con él para hablar de algo muy importante. Y Mara, su obsesión y tortura particular, se había cortado el pelo y había tenido una cita. Con otro hombre. Simon iba pensando en todas esas cosas, en especial en cómo deshacerse de un humano, en concreto de un neoyorquino con afición al sushi y que al parecer le gustaba a Mara, cuando las ruedas del coche resbalaron, los frenos no respondieron y el Maserati se estampó contra un muro de hormigón.

23

Castillo de los Jura, casi tres meses más tarde

Julia cerró la cremallera de la maleta y se sentó en la cama. Llevaba once semanas en Escocia, en casa de la familia de Ewan, y había llegado el momento de partir. Se secó una lágrima que le resbaló rebelde por la mejilla. Las primeras semanas, mientras estaba recuperándose de las heridas, habían sido una nebulosa en medio de sus recuerdos. Seguía sin rememorar muchas cosas, y a menudo daba las gracias por ello, pero otras estaban claras en su mente.

Recordaba a Ewan dispuesto a morir por ella, la terrible explosión, el rostro de él al sacarla en brazos de aquel infierno, el vuelo en el helicóptero hasta allí... el beso que le dio a la mañana siguiente, justo antes de desaparecer sin decir nada, sin dejarle siquiera una nota, nada más que aquel colgante con el absurdo silbato, del que por fin conocía la historia.

Robert, el padre de Ewan, se la había contado después de que ella lo persiguiera durante toda una semana con el maldito silbato. Pero no sólo eso, también le contó las consecuencias de ese ataque que sus hijos sufrieron de niños: el abandono de Alba, el trauma de Ewan y la decisión que éste tomó, con apenas siete años, de no ceder nunca ante el guardián.

A Julia se le rompía el corazón sólo de pensarlo. Y si Ewan hubiera estado allí lo habría abrazado y le habría dicho que no se preocupara, que todo iba a salir bien. Pero no estaba, y por eso ella había decidido irse.

Tanto el padre como la madre de Ewan, a la que también había conocido en aquellas extrañas circunstancias, la habían tratado como si fuera de la familia, y todos, incluso Liam, el abuelo, habían insistido en que se quedara. Ewan regresaría y seguro que querría que ella estuviera allí. Julia discrepaba. Ewan no era precisamente tímido a la hora de expresar sus deseos, y si la hubiera querido a su lado se lo habría dicho, o se la habría llevado con él. Pero no había hecho ninguna de las dos cosas, sino que había desaparecido de su vida igual que había entrado; de repente y sin avisar.

Fue al cuarto de baño y comprobó que no se olvidaba nada. Se detuvo frente al espejo y se quedó observando su propio rostro; era curioso que se le hubiera roto el corazón y que no se le notara.

Regresó al dormitorio y se despidió mentalmente de aquel lugar que habría podido convertirse en su hogar. El colgante con el silbato seguía en la mesilla de noche. No iba a llevárselo. Nunca le había gustado lo que Ewan creía que significaba, y si él quería seguir torturándose con los quizá o los tal vez que pudiera depararles el destino, iba a tener que hacerlo solo. Ella no iba a estar esperándolo, aunque, a decir verdad, tampoco él le había pedido que lo hiciera. Sí, había llegado el momento de irse.

—¿De verdad vas a dejar el silbato?

Al oír aquella voz que llevaba once semanas echando de menos, Julia sintió un escalofrío en la espalda. Seguro que si se daba la vuelta, él se desvanecería, así que lo hizo, pero Ewan siguió estando allí de pie. Real, de carne y hueso, más delgado y con la mirada resplandeciente por las lágrimas de emoción contenida que se negaba a derramar. En otra vida, quizá Julia se habría lanzado a sus brazos sin pensar y le habría perdonado haberla abandonado, pero después de todo a lo que había sobrevivido se negó a hacerlo.

—Sí, voy a dejarlo. No me gusta lo que significa.

—Cuando te lo di, dejó de ser lo que era —contestó él, que parecía incapaz de moverse—. Por fin lo he comprendido.

—Me alegro por ti —replicó ella, dolida. Cuanto más lo pensaba, más furiosa se ponía. Después de todo lo que habían pasado juntos, Ewan la había abandonado para irse—. ¿Y puede saberse dónde diablos has estado?

—En la isla de Skye, mi padre…

—Tiene una casa allí. Lo sé, me lo han contado, igual que me han contado muchas otras cosas que tendrías que haberme contado tú. O, mejor dicho, cosas que me hubiera gustado que me contaras tú, aunque, bueno, ahora ya no tiene importancia. Me alegro de que hayas vuelto y de que estés bien, pero ahora tengo que irme.

—Julia, te amo.

Ella se detuvo y cerró los ojos, esforzándose por no derramar ni una lágrima más.

—Eso, en el caso de que sea cierto, deberías habérmelo dicho antes. Cuando podía creerte, cuando yo sentía lo mismo.

El que hablara en pasado le desgarró el corazón, pero Ewan sabía que se lo tenía merecido. Le había hecho daño, y lo único que podía hacer era tratar de explicárselo. Quizá no serviría de nada, quizá lo único que conseguiría sería humillarse delante de la única mujer a la que amaría nunca, pero se lo debía. Julia se merecía saber la verdad.

—Te amo, Julia. —Volvió a quedarse en silencio y trató de organizar las palabras que se agolpaban en su mente. Sólo iba a tener una oportunidad, y quería explicarle lo que sentía. Lo que había sentido desde el principio—: Cuando te conocí llevaba años luchando contra mi naturaleza, negando al guardián.

—¿Y ahora? —preguntó ella.

—Ahora sé que él y yo somos la misma persona. —Se llevó una mano al tatuaje que cada día iba ganando brillo e intensidad—. Y sé que te lo debo a ti. Sin ti no lo habría logrado, y si te vas jamás lograré convertirme en el líder que mi clan espera y merece. —La miró a los ojos antes de añadir—: Pero lo intentaré con todas mis fuerzas.

—Yo nunca te he hecho falta. Ya te dije una vez que el destino podía decir lo que quisiera, que lo de estar juntos era una decisión que sólo nos atañía a nosotros.

—Y ahora tú has decidido irte —dijo Ewan, con más animosidad de la que pretendía. Dios, lo estaba haciendo todo mal—. Lo siento.

—Sí, he decidido irme, pero tú te fuiste antes. Te fuiste cuando te negaste a reconocer que sentías algo por mí, cuando decidiste dejarme aquí sola como si fuera un mueble viejo. Si de verdad me quisieras, no te habrías pasado once semanas solo en la isla de Skye torturándote con no sé qué historias. Si me quisieras, te habrías quedado a mi lado y lo habríamos afrontado juntos. Así que sí, he decidido irme.

Cogió la maleta y la arrastró hasta la puerta, que Ewan seguía bloqueando. Él la miró a los ojos y Julia se puso de puntillas para darle un cariñoso beso en la mejilla.

—Adiós, Ewan.

Él la aferró por los brazos y la apretó contra su torso. Estaba temblando, y le costaba incluso respirar.

—Me fui porque tenía miedo, Julia. Tenía miedo de hacerte daño, de convertirme en un monstruo. —Cerró los ojos y respiró hondo—. El día que hicimos el amor me moría de ganas de decirte que te amaba. Dios, lo habría gritado a los cuatro vientos, pero pensé que no era el momento y que ya te lo diría más adelante. Me imaginaba a mí mismo preparándote una cena a la luz de las velas, eligiendo un vino, nervioso porque iba a entregarte un anillo de compromiso. Ahora que lo pienso, me parece una tontería.

A ella no se lo pareció, pero no lo interrumpió. Ewan parecía decidido a contárselo todo a su manera, y no quería interrumpir su discurso.

—En fin. Recuerdo que después de estar contigo apenas me preocupaba mi futuro; el tatuaje ya había empezado a aparecer, pero si tú estabas a mi lado, seguro que no me tentaría la locura, y que tampoco caería en las garras del mal. Pero cuando te secuestraron —un escalofrío lo recorrió y Julia lo abrazó y le pasó la mano por la espalda—, cuando te secuestraron supe que era capaz de todo. Y eso me asustó.

—Es normal —susurró ella.

—Cuando entré en aquel maldito laboratorio y te vi atada a aquella silla, con sangre resbalándote por la frente, las manos atadas a la espalda y aquella mordaza, creí morir.

—No fue culpa tuya.

—Quizá no —reconoció él—, pero debería haberte protegido mejor. Cuando Talbot me dijo que si me tomaba aquellas pastillas te dejaría ir, no lo dudé ni un instante, ni siquiera me planteé si eso podía ser bueno o malo para mi gente, ni qué consecuencias podía tener para mí, o para mi familia. Obedecí sin más porque, fuera cual fuese el precio que tuviera que pagar, quería, necesitaba, que tú salieras de allí con vida.

—Ewan, no puedes seguir torturándote con eso. Rufus Talbot y el doctor Cochran eran unos enfermos. Nos habrían matado a todos. Hiciste lo que tenías que hacer para sacarnos de allí con vida. Y nada de lo que digas o de lo que hagas podrá convencerme de lo contrario.

—Julia, tú no lo entiendes. —Se apartó.

—Pues explícamelo.

—Esa droga, esa pastilla que me tomé. —Ewan se sentó en la cama y agachó la cabeza—. Me hizo sentir como un dios, pero al mismo tiempo me robó por completo la voluntad. Cuando Talbot —tragó saliva—, cuando Talbot me ordenó que te matara y me prometió que si lo hacía me daría muchas más pastillas y me convertiría en el líder más poderoso de la historia de mi clan, estuve tentado de hacerlo —reconoció avergonzado, incapaz de mirarla a los ojos.

—Pero no lo hiciste.

—Pero eso no significa que no lo pensara. Maldita sea, Julia. Escúchame. Durante unos segundos, mi mente enferma se planteó matarte. —Se puso en pie y se plantó firmemente delante de ella—. Me vi a mí mismo rodeándote el cuello con las manos hasta... —No pudo terminar la frase.

—Pero no lo hiciste —insistió—. Tú nunca me harías daño, igual que tampoco se lo harías a nadie de tu familia, ni a ninguna persona inocente. Tú no eres así. Nunca has sido así, y lo que sucedió en ese laboratorio fue única y exclusivamente culpa de Talbot y del doctor Cochran.

—Tú no sabes toda la verdad. —Ewan volvió a sentarse, era como si aquella conversación le quitara las fuerzas—. Cuando conseguí derrotar los impulsos de la droga, tú estabas inconsciente y no viste lo que les hice. No sólo los maté, Julia, disfruté haciéndolo.

—Ewan, nunca has sido perfecto. Y supongo que todos, absolutamente todos, tenemos una parte malvada en nuestro interior, pero la cuestión es saber dominarla. Y tú sabes, siempre lo has sabido, y yo lo sé sin ninguna duda, que serás un gran guardián.

—Sin ti, no. —A Ewan le rodó una lágrima por la mejilla, y luego otra, y otra. Y no hizo nada para ocultarlas—. Te amo, Julia. Dame otra oportunidad. Me fui de aquí porque tenía miedo de que la droga hubiera arraigado en mi interior y yo terminara por hacerte daño. Me fui porque tenía miedo de perderme, de convertirme en un monstruo. Y tenía miedo de contártelo y que tú me dijeras que no estabas dispuesta a correr el riesgo de estar conmigo. Me fui porque, durante unos segundos, pensé que estarías mejor sin mí, porque pensé que prefería estar sin ti y saber que estabas bien antes que estar contigo y terminar por herirte.

—¿Y ahora? ¿Qué piensas ahora? —Julia se sentó a su lado.

—Ahora sé que no puedo vivir sin ti, y no porque el destino te eligiera, ni porque seas la única mujer capaz de estar a mi lado en la supuesta lucha que voy a tener que librar. No puedo vivir sin ti porque te amo, porque no puedo dejar de pensar en que un día sin ti es un infierno y una noche a tu lado un regalo del cielo. Sé que no soy perfecto, y que seguramente cometeré un montón de errores, pero te pido por favor que me des otra oportunidad.

—¿Por eso has vuelto? ¿Para pedirme que te dé otra oportunidad?

Las palabras de Ewan le habían llegado al corazón, pero después de haber estado tantas semanas sin noticias suyas, quería oírle decir todo lo que no le había dicho durante esos días.

—He vuelto para estar a tu lado y porque ya no podía soportar seguir echándote de menos. He vuelto porque te necesito, porque te amo y porque… —Se sonrojó y ella lo vio.

—Vamos, sigue, todavía no me has convencido —le dijo, aunque acompañó la frase con una sonrisa que demostraba lo contrario.

—He vuelto porque no podía pasar un día más sin besarte.

—¿Y a qué estás esperando, cariño? —Le acarició el pelo, algo que había querido hacer desde que se sentó en la cama.

Ewan levantó la vista y la miró con el corazón en los ojos.

—¿Lo dices en serio? ¿De verdad vas a darme otra oportunidad?

Ella le rodeó la cara con las manos.

—De verdad. —Se acercó a él y depositó un beso en sus labios—. Y, ahora, si no es mucho pedir, ¿te importaría hacerme el amor?

Ewan la atrajo hacia él y la devoró igual que si fuera el aire que necesitaba para vivir. Se desnudaron el uno al otro en cuestión de segundos y pronto sus cuerpos se entregaron a la pasión. Él le hizo el amor como nunca, entregándose a ella con cada caricia, con cada beso, y cuando estuvo a punto de alcanzar el orgasmo, Julia ladeó la cabeza y le ofreció su cuello. Como siempre, el gesto derribó todas sus defensas, pero antes de morderla, Ewan la besó y le entregó el alma de nuevo.

—Te amo, Julia —dijo emocionado, mirándola a los ojos.

—Y yo a ti, Ewan.

Se miraron a los ojos, ahora Ewan estaba encima de Julia, apoyado sobre sus manos y temblando, tanto de la emoción como del esfuerzo que estaba haciendo para contenerse. Julia levantó despacio una mano y le acarició el pómulo, y con el pulgar capturó una lágrima solitaria. El que un hombre tan fuerte como él fuera capaz de llorar por ella la sobrecogía y se juró que sería la mejor compañera que Ewan pudiera haber deseado jamás.

—De pequeña soñaba contigo —le confesó, y al ver que él levantaba una ceja, se lamió el labio inferior y le contó algo más—; no veía tu rostro, sólo tus ojos. Tus preciosos ojos negros. —Le recorrió una ceja y luego otra con fascinación—. Y con el tatuaje —el dibujo también recibió la caricia de sus dedos y Ewan contuvo el aliento y se le puso la piel de gallina—. Por eso nunca había estado con otro.

—Yo creía que no existías —susurró él—, que todas aquellas leyendas acerca de que los guardianes sólo son capaces de amar a una mujer eran sólo eso, leyendas.

Él seguía dentro de ella y a pesar de que sus cuerpos no se movían, Ewan jamás se había sentido tan excitado. El calor que emanaba de Julia había derretido cualquier resquicio de frialdad que pudiera quedar en su alma, y ahora lo único que quería era perderse en ella y emprender una nueva vida. Una vida en la que por fin se reuniría con su destino.

—Estas semanas han sido horribles —le recriminó Julia, pero amortiguó la dureza de sus palabras con otra caricia, esta vez en el torso—. De día no podía dejar de pensar en ti, en si estabas bien, en las ganas que tenía de volver a verte y estrangularte por haberme abandonado sin más…

—Lo siento —repitió él.

—Pero lo peor eran las noches. —Deslizó la mano hacia las nalgas de Ewan, deteniéndose un instante en la espalda y las pequeñas gotas de sudor que la cubrían.

—¿Las noches? —le preguntó él entre dientes, tratando de nuevo en vano de controlar la pasión y el deseo que sólo Julia era capaz de provocarle.

—Sí, las noches —repitió ella, y para vengarse un poco, y sencillamente por el placer que sentía al verlo estremecerse, movió levemente las caderas—. No soñaba contigo. —Ewan, que había cerrado los ojos, volvió a abrirlos—. De día no sabía dónde estabas ni por qué diablos te habías ido, y de noche tampoco soñaba contigo. Me abandonaste por completo, Ewan, y me dolió. Mucho.

—Yo… —balbuceó.

—Sé que lo sientes —dijo Julia. Una parte de ella comprendía por lo que estaba pasando Ewan, pero otra quería recordarle que no volviera a alejarse de ella jamás. Quizá él fuera un poderoso guerrero, una criatura legendaria, pero también era el hombre al que ella le había entregado el corazón, y él había hecho lo mismo, y eso era de verdad lo importante—. Pero tendrías que haberte quedado y habérmelo contado.

Ewan la miró a los ojos y respondió con la humildad y sinceridad de la que sólo son capaces los hombres más valientes:

—Lo sé, y te prometo que nunca volveré a ocultarte nada.

—Más te vale —sonrió Julia al fin—, o le diré al hombre de mis sueños que te busque y te lo recuerde.

—¿El hombre de tus sueños? —Ewan se atrevió a mover de nuevo las caderas y el placer que sintió le recorrió la espalda con una lengua de fuego—. Dios, Julia —farfulló.

—Sí. —Ella se incorporó un poco y le recorrió con la lengua la clavícula—. Estoy convencida de que ahora que has vuelto lo tendré a mi lado todas las noches. ¿No es así? —Le mordió con suavidad la piel donde se reúne el hombro con el cuello y no lo soltó hasta que lo sintió temblar.

—Sí —prometió él cerrando los ojos—. A tu lado. —Respiró hondo—. Todas las noches. —Tensó los músculos del torso—. Para siempre.

—Bien —dijo Julia, satisfecha al fin con esa promesa. Se apartó despacio y echó de nuevo la cabeza hacia atrás. Su propia melena le acaricia la espalda desnuda y todo su cuerpo esperaba ansioso aquella unión con el de Ewan. Hacer el amor siempre le había parecido el acto más íntimo que podía existir entre dos personas, pero la primera y hasta ahora única vez que Ewan la mordió, supo que lo que sucedía entre ellos iba más allá. Saber que su sangre corría por el interior de Ewan le proporcionaba más felicidad de la que había esperado sentir jamás, por no mencionar el increíble placer que experimentó mientras él bebía de ella. Era sentir una marea creciente dentro de su cuerpo; igual que si unas olas del agua más cálida del mundo se formaran en las puntas de los dedos de sus pies y recorrieran hasta el último centímetro de su piel—. Ewan —susurró su nombre con todo el amor y el deseo que sentía—, abre los ojos. —Esperó a que él lo hiciera y le demostró de nuevo que era la única para él—: Me necesitas —sacudió la cabeza para dejar desnudo el cuello—, casi tanto como yo a ti.

—No, más —le aseguró él, y agachó la cabeza.

Los colmillos de Ewan le atravesaron la piel y Julia sintió que esas olas volvían a formarse. Un fuego ardiente estalló entre los dos y cuando él empezó a beber su sangre, Julia enredó los dedos en su pelo para retenerlo junto a ella. Ewan se deleitó con el sabor de la mujer que amaba y en cuestión de segundos se estremeció dentro de ella, y se aferró a Julia, convencido de que si la tenía entre sus brazos su vida adquiría por fin sentido. Bebió y le hizo el amor, y cuando como un incrédulo creía ser capaz de recuperar la calma, ella le susurró al oído.

—Te amo, Ewan.

Ewan perdió el control, el alma y el corazón y lanzó un grito que incluso hizo temblar los cimientos del castillo de los Jura. El orgasmo de Julia bastó para que él alcanzara de nuevo la cumbre del placer y los dos cuerpos se estremecieron al compás de las mismas notas. Minutos, una eternidad más tarde, Ewan seguía tumbado en la cama con Julia entre sus brazos y un destello captó su atención. Alargó la mano y cogió el silbato que había dejado encima de la mesilla de noche. Enredó los dedos en la cadena y lo levantó para que tanto él como Julia pudieran verlo.

—¿Qué vas a hacer con él? —le preguntó ella mientras le dibujaba círculos en el torso. Algo que a Ewan parecía desconcentrarlo con pasmosa facilidad.

Ewan respiró hondo y fue soltando el aire muy despacio, y Julia le dejó todo el tiempo del mundo para dar con las palabras apropiadas.

—Creo que deberíamos guardarlo. —A ella le gustó el uso del plural y se lo demostró dándole un ligero beso en el esternón—. Algún día querremos contarle a nuestro hijo cómo su padre descubrió la naturaleza del guardián.

Ewan sabía que no era la manera más romántica de pedirle que se casara con él, pero después de la intensidad con la que habían hecho el amor se veía incapaz de seguir esperando. Notó que Julia se incorporaba un poco y nervioso se mordió el labio inferior. Quizá no debería haberse precipitado, al fin y al cabo, ella sólo había dicho que lo perdonaba y que le daba otra oportunidad, quizá… dejó de pensar al ver el modo en el que lo miraba.

Pasaron unos segundos en los que él inútilmente trató de aparentar indiferencia y ella siguió mirándolo a los ojos con una pícara sonrisa en los labios.

—¿Qué? —preguntó Ewan al fin—. Si no quieres que nos casemos no pasa nada, sólo era una idea, y tampoco es que…

Julia le colocó un dedo encima de la boca para hacerle callar. Volvieron a mirarse a los ojos y a Ewan se le aceleró el corazón. La quería tanto.

—¿Y si es una niña?

Ewan sonrió y en aquel preciso instante descubrió lo que era la felicidad. Tiró de Julia y la besó. Ni aunque viviera mil vidas encontraría jamás a una mujer como ella. Se amaban, y un amor como el suyo no iba a ceder ante la oscuridad.

Epílogo

Ezequiel se paseó nervioso por su despacho. Maldición, por culpa del estúpido de Rufus Talbot ahora tendría que volver a empezar. Siempre había sabido que ese guardián era demasiado ambicioso para su propio bien, pero creía tenerlo controlado. Se había equivocado, y él nunca se equivocaba. Se acercó a la ventana y miró al horizonte.

«Esto sólo ha sido un pequeño retraso —pensó, y al recordar algo no pudo evitar sonreír…—. Al menos, lo de Nueva York sigue adelante, y mi pequeño proyecto está resultando ser más provechoso de lo que jamás me habría imaginado.»

Sí, sin duda su humor había mejorado, pronto todo volvería a la normalidad. La naturaleza humana era así, débil y podrida por dentro, y eso nada podría cambiarlo. Soltó una carcajada. Sí, pronto todo volvería a la normalidad.

Dejaría que los guardianes de Alejandría disfrutaran de su absurda victoria. Si de verdad creían que todo aquello se reducía a una pequeña operación de tráfico de drogas estaban muy equivocados, pero bueno, los guardianes solían estarlo. Al fin y al cabo, seguían creyendo que valía la pena luchar por los humanos.

Echa una mirada furtiva a
LOS GUARDIANES DE ALEJANDRÍA. OSCURIDAD
próximamente en esta colección

Simon colgó el teléfono. Se había pasado media hora hablando con Ewan, y quizá habrían seguido un poco más si a su primo no lo hubiera interrumpido Julia, la mujer que por fin había logrado convencerlo de que asumiera su naturaleza de guardián. Ewan sería un gran líder, pensó Simon, el mejor en muchos siglos. Sería todo un honor poder estar a su lado.

Los meses anteriores habían sido trascendentales para los guardianes de Alejandría. Después de eliminar a Rufus Talbot sólo una cosa estaba clara, él no era el cerebro de aquella operación, lo que sólo dejaba una alternativa posible. Una temible y aterradora alternativa: el ejército de las sombras había vuelto. Tras pasarse siglos oculto, lord Ezequiel, o alguno de sus seguidores, estaba dispuesto a tomar de nuevo las riendas del mal y a hacerse con tantas almas como le fuera posible. Mientras en Inglaterra los guardianes del clan Jura trataban de averiguar hasta dónde había conseguido llegar

Rufus Talbot con su perverso afán de enriquecerse y ganarse el respeto de su padre, en Nueva York, Simon seguía preocupado por los constantes fallos en su sistema de seguridad y por una serie de operaciones financieras que no parecían tener ningún sentido, pero que no dejaban de sucederse.

—Señor Whelan —dijo una voz a su espalda. Una voz que siempre conseguía ponerle la piel de gallina.

—¿Cuántas veces tengo que decirte que me llames Simon? —preguntó, con la frente apoyada contra el ventanal de su oficina.

—Una más, señor Whelan —contestó Mara Stokes, su secretaria, pero esta vez a Simon le pareció que ella había sonreído.

—¿Ha sucedido algo? Es muy tarde, y creo recordar que te he dicho que te fueras a casa. —Sacudió la muñeca en busca de su reloj—. De eso hará ya más de dos horas.

—Me lo ha dicho, señor, pero he decidido no hacerle caso.

Sí, ahora sí había sonreído, pensó Simon, y se dio media vuelta. Mara estaba más cerca de lo que había creído, o sentido. Llevaba aquel estúpido moño al que tanto cariño le había cogido él, y las gafas de forma gatuna que la hacían parecer sacada de una película de los años cincuenta. Y como si ella supiera que Simon se la imaginaba como una de las *pin-up* de esa época, se empeñaba en utilizar una agenda de cuero rojo y aire retro que él podía oler a distancia. Que siempre olía a ella.

—¿Y a qué se debe tal acto de desobediencia, señorita Stokes? —Utilizó el tratamiento formal a modo de cumplido.

—Uno de los almacenes del muelle ha dado signos de actividad. No se han disparado las alarmas, pero no tengo constancia de que a fecha de hoy tuviéramos ningún envío —explicó la joven.

—¿Has llamado a los de seguridad, a la policía?

—No, usted me dijo que si sucedía algo fuera de lo normal no hiciera nada sin consultárselo, y he creído que…

—Has hecho bien, Mara —la interrumpió Simon, dirigiéndose ya hacia la salida.

—No pensará ir usted mismo al puerto, ¿no? —le preguntó ella, saltándose el rígido distanciamiento que siempre se obligaba a mantener con él.

—Por supuesto. Estoy harto de no saber qué es lo que está sucediendo en mi propia casa —contestó, mientras cogía el abrigo—. Y si mando a la policía o a la seguridad portuaria, quienes sean se largarán antes de que pueda interrogarlos.

—No puede ir solo.

—Por supuesto que puedo. —No tenía intención de decirle que le bastaba con sus manos, mejor dicho, sus garras, para ocuparse de unos tipejos, pero tampoco quería que creyera que era un estúpido—. Iré allí, y si veo que la situación es peligrosa, llamaré de inmediato a seguridad.

—Le acompaño —se sorprendió diciendo.

Durante un breve instante, a Simon le tembló la mano con que sujetaba el picaporte, pero en seguida recuperó la compostura.

—Está bien —suspiró resignado. Si algo había aprendido de Mara Stokes en el tiempo que llevaba trabajando para él era que no servía de nada llevarle la contraria. Y ésa era sin duda una de las cosas que más le gustaban de ella. Y su sonrisa, y su mirada, y aquellas curvas…

—Señor Whelan, ¿está bien? —preguntó la joven interrumpiendo sus pensamientos.

—Claro. Cuando quiera, señorita Stokes. —Le abrió la puerta e hizo una pequeña reverencia.

Llevaban diez minutos en el coche y Mara todavía no sabía por qué había decidido acompañar a Simon al muelle. Se suponía que al enterarse de que había alguien rondando por uno de los almacenes de las empresas Jura-Whelan, él iría a comprobar los monitores de la sala de seguridad y luego saldría furioso hacia el local que frecuentaban los esbirros que el clan Talbot solía utilizar en Nueva York. Pero no, para variar, Simon no había reaccionado como era de esperar y se la había creído a pies juntillas.

«Eso es lo que querías, ¿no? —le preguntó con sorna la voz de su conciencia—, querías que confiara en ti.»

Sí, Mara quería ganarse su confianza, quería saberlo todo de él para poder destruirlo, dejarlo sin nada, igual que Simon había hecho con ella. Entonces, ¿por qué estaba allí sentada, sin poder dejar de mirarlo?

Llegaron al muelle y él apagó las luces del coche sin darle ninguna explicación. Mara no pudo evitar sonreír con disimulo. Si ella fuera la chica normal y corriente que Simon creía que era, eso sin duda le habría parecido de lo más extraño. Al fin y al cabo, los humanos no pueden ver en la oscuridad, y mucho menos conducir. El motor se detuvo y Mara dejó de fingir que estaba cautivada por las pocas estrellas que titilaban en el cielo.

—Quédate aquí. Lo digo en serio. —Y para dar más

énfasis a sus palabras, la miró fijamente y le abrochó de nuevo el cinturón de seguridad que ella se había soltado—. Toma mi móvil. —Le entregó un teléfono de última generación que tenía conexión vía satélite. Era un prototipo del que no disponían aún ni siquiera los militares—. Siempre tiene cobertura, así que si ves algo extraño, lo que sea, dale a esta tecla.

—¿Y qué pasará? —preguntó Mara aceptando el aparato.

—Que llegará la caballería —contestó él, y se apartó y salió del coche sin mirar atrás. Su silueta pronto se difuminó en la oscuridad.

Simon se acercó con sigilo a la nave, que en apariencia estaba vacía. Se coló en el interior a través de una ventana y se dispuso a investigar. Algo no iba bien.

Mara estaba sentada en el coche cuando vio emerger del almacén a dos soldados del ejército de las sombras. Uno llevaba un objeto entre las manos. ¿Qué podía ser? Parecía un detonador. Su cerebro todavía no había terminado de asimilar lo que acababa de pensar, cuando una explosión irrumpió en el silencio de la noche. Sin pensarlo, sin dudarlo, sin cuestionarse siquiera qué estaba haciendo, se soltó el cinturón y corrió en busca de Simon.

El almacén había saltado en mil pedazos. Simon tenía astillas clavadas en la espalda y le escocían los ojos, por no mencionar lo mucho que le costaba respirar, pero seguía vivo, y lo estaba porque, por suerte, sus instintos de guardián se habían puesto alerta segundos antes de que aquel soldado de las sombras apretara el maldito detonador. Los muy imbéciles sabían que no bastaría con una explosión para matarlo, pero estaba convencido de que lo único que habían pretendido era deshacerse de las pruebas que pudiera haber en la nave y entorpecer su persecución. Y lo habían logrado. Simon tardaría varios días en recuperarse de aquellas heridas, quizá incluso una semana, pues si había algo que no tenía intención de hacer era beber sangre de su alma gemela.

Furioso consigo mismo por haber actuado tan precipitadamente y sin tomar ningún tipo de medidas, se abrió paso por entre las vigas, que seguían ardiendo. Se había comportado como un novato, algo nada propio de él. Y había dejado a Mara sola en el coche, pensó de repente, y frenético, intentó acelerar su avance. Si le había sucedido algo... Antes de que pudiera terminar el pensamiento, un pedazo de techo se le desplomó encima. Si le había sucedido algo a ella, más le valía morir.

Mara se detuvo en seco al oír el estruendo que causó el techo al desprenderse, pero el aturdimiento sólo le duró unos instantes y siguió buscando a Simon sin dejar de gritar su nombre. Cada vez le costaba más respirar y los bomberos seguían sin aparecer; si no salía de allí en pocos minutos, terminaría por desmayarse. Tropezó y sintió un alivio indescriptible al comprobar que con lo que había topado era con el brazo de Simon. Apartó la viga partida por la mitad que éste tenía oprimiéndole el pecho y los restos que lo cubrían.

—¡Simon!, ¡Simon! Despierta, por favor. —Lo sacudió. Primero con cuidado, pero al ver que no reaccionaba, lo hizo luego con más fuerza—. ¡Señor Whelan! —insistió, y se dijo que las lágrimas que le resbalaban por las mejillas se debían al humo.

—Simon —farfulló él—, me gusta más Simon.

Mara sonrió y siguió quitándole cascotes de encima.

—Si quiere que vuelva a llamarlo Simon, señor Whelan, tiene que ayudarme a sacarlo de aquí.

Le sonrió otra vez, pero en esta ocasión algo impreciso y hermoso brilló en las profundidades de sus ojos, y Simon supo que no podía seguir engañándose: Mara era la mujer que el destino había elegido para él, y si para conquistarla tenía que soportar que le cayeran encima mil edificios, lo haría.

—A sus órdenes, señorita Stokes. —Le costó un poco ponerse en pie, pero lo consiguió justo a tiempo de evitar que otra viga aterrizara sobre su torso.

Los dos juntos, él cojeando y ella tosiendo casi sin parar, salieron de lo que quedaba del almacén, y un par de bomberos fueron corriendo a su encuentro.

Simon, sentado en una camilla, y tras convencer a un atónito enfermero de que no necesitaba su ayuda, se quedó mirando a Mara. Aquella mujer se merecía a alguien mucho mejor que él, pero como no tenía intención de dejarla escapar, sólo le quedaba una salida: cambiar y convertirse en un hombre, en un guardián, al que ella quisiera amar.

Mara seguía con la mascarilla de oxígeno puesta y no podía dejar de preguntarse por qué había ido a salvar a Simon si lo que más quería en este mundo era verlo muerto.

Engánchate a la lectura

¿Quieres conseguir un libro de Esencia **GRATIS**?

Envíanos seis pruebas de compra de novelas publicadas por Esencia y **te regalaremos** otra a escoger entre una selección de cinco títulos:

La dinastía Ravenscar

La Cruz de Morrigan

El deseo del conde

Sabrina: 1
El mundo: 0

En la oscuridad

Sólo tienes que recortar las seis pruebas de compra y enviarlas junto con todos tus datos (nombre, apellidos, dirección, código postal, teléfono y correo electrónico) a la siguiente dirección: Editorial Planeta, S. A. (Esencia Editorial), Departamento de Marketing, Av. Diagonal, 662, 7.ª planta, 08034 Barcelona. **No olvides indicar en la carta qué novela quieres como regalo.**

Encontrarás pruebas de compra en todas las novedades de Esencia posteriores a abril de 2009.
La promoción será válida para las cartas recibidas antes del 1 de diciembre de 2010.
La selección de los libros a elegir puede sufrir alguna variación por agotamiento de las existencias. En cualquier momento puedes consultar la selección actualizada en

www.esenciaeditorial.com

PLENILUNIO
PRUEBA DE COMPRA

¿Quieres conseguir un libro de Esencia GRATIS?